현대인의 고단한 영혼을 위로해준
《마음에서 마음으로》그다음 이야기

KB117069

이외수와 하창수는 첫 번째 대담집 《마음에서 마음
으로》에서 깨어있는 삶을 위한 마음과 마음의 소통
법을 전했다. 이후 두 작가는 다시 만났다. 이번엔
'세상에서 가장 어려운 질문'이라는 주제로 하창수가
묻고 이외수가 답했다. 꼼수가 난무하고 가짜가 판
을 치는 세상에서 행복을 찾고 희망을 구하기 위해
필요한 125개의 문답이 진행되었다.
이렇게 모든 질문이 끝나간다 생각될 즈음, 돌연 신
의 질문이 이외수에게 던져졌다. 그에게 내려진 '위
암 진단'. 신이 던진 인생의 가혹한 질문에 대한 그의
답은? 비정한 운명의 대가로 신은 그에게 무엇을 선
물했을까? 연이은 고통 속에서도 마음을 단련시키
고 삶의 가장 깊숙한 진실을 직시한 영혼의 연금술사
이외수. 그가 지혜와 행복으로 가는 길을 안내한다.

당신이
최고입니다
당신이 큰
우주입니다

이외수

이외수의 '존버' 실천법

똥,

이외수의 '존버' 실천법

뚝,

1판 1쇄 발행 2014. 1. 9.
1판 4쇄 발행 2015. 1. 12.

지은이 이외수 · 하창수
그린이 이외수

발행인 김강유
책임편집 김윤경
책임디자인 이경희
제작 안해룡, 박상현
마케팅 김용환, 박치우, 박제연, 김재연, 백선미, 김새로미, 이헌영, 고은미
제작처 민언프린텍, 금성엘엔에스, 대양금박, 정문바인텍

발행처 김영사
등록 1979년 5월 17일 (제406-2003-036호)
주소 경기도 파주시 문발로 197(문발동) 우편번호 413-120
전화 마케팅부 031)955-3100, 편집부 031)955-3250
팩스 031)955-3111

값은 뒤표지에 있습니다.
ISBN 978-89-349-6972-3 03810

독자 의견 전화 031)955-3200
홈페이지 www.gimmyoung.com
이메일 bestbook@gimmyoung.com

좋은 독자가 좋은 책을 만듭니다.
김영사는 독자 여러분의 의견에 항상 귀 기울이고 있습니다.

이외수의 '존버' 실천법

뚝,

이외수 · 하창수

김영사

문제 되는 모든 것 다 허망한 것이니,

모든 문제가 문제 아닌 줄 알면, 문제가 없다.

뚝,

그리고 다시 시작

오늘도 기쁜 일만 그대에게

겨울입니다. 미친 바람이 떼지어 몰려다니는 소리. 창문이 푸득거리며 몸살을 앓는 소리. 얼마나 많은 날들을 불면으로 뒤척여야 봄이 올까요. 하지만 누구의 인생에도 겨울만 있을 수 없겠지요. 저는 오로지 암을 극복하고야 말겠다는 생각 외에는 아무 생각도 하지 않겠습니다.

제 병실 바로 옆에 분만실이 있습니다. 산책을 하다보면 가끔 산모의 비명소리를 들을 때도 있습니다. 새 생명이 태어나는 소리지요. 인간은 태어날 때도 아픔이 따르고 떠날 때도 아픔이 따릅니다. 생로병사 희로애락, 잡다한 인생사 중에 아픔이 따르지 않는 것은 아무것도 없습니다. 어쩌면 인생 전체가 통증인지도 모릅니다.

인생엔 무통분만도 불로소득도 없습니다. 진흙을 헤치고 연꽃이 피듯, 어둠을 걷고 새벽이 오듯 행복도 그렇게 옵니다. 봄꽃, 가을꽃의 표정을 보십시오. 봄에 피는 꽃들에는 햇볕을 간절히 그리워한 표정이 나타나 있고, 가을에 피는 꽃들에는 서늘한 바람을 그리워한 표정이 나타나 있습니다. 삶도 마찬가지입니다. 인생의 꽃을 피우려면 혹서와 혹한을 잘 견뎌내야 합니다. 사랑하는 그대여, 아름다운 인생의 꽃을 피우십시오.

앞으로 여러 번 항암주사를 맞아야 한다는 숙제가 기다리고 있기는 하지만 여러분께서 제게 주신 사랑이 가득하고 제가 여러분께 드릴 사랑도 가득하니 능히 견딜 수 있으리라 생각합니다. 날마다 사랑하고 날마다 감사합니다.

사랑하는 그대여.

행여 슬프거나 외로울 때는 이외수가 사는 감성마을에 들러 차나 한잔 하고 가소서.

오늘도 투병 중 이상 무.

그리고 존버.

이외수

이외수의 '존버' 실천법

차 례

입장난처

1

물음표는 시작입니다. 물음표가 없다면 느낌표,

말없음표, 쉼표, 마침표가 어찌 있겠습니까?

Q
001

살면서 우리는 끊임없이 질문을 던지고 답을 찾으려 애씁니다. 소크라테스와 제자들은 질문과 답변을 통해 지혜를 얻어내었고, 이것을 산모가 아기를 낳는 것에 비유해 산파법(産婆法)이라 했습니다. 선불교(禪佛敎)에서는 매우 현실적인 질문에 전혀 뜻밖의 답변을 냄으로써 진리에 이르는 선문답(禪問答)이라는 대화법을 만들어냈고요. 우리는 왜 물어야 하고 답해야 하는 걸까요?

이외수 물음표는 시작입니다. 물음표에는 느낌표, 말없음표, 쉼표, 마침표가 들어 있습니다. 묻지 않고 알 수 있습니까? 묻지 않고 느낄 수 있습니까? 묻지 않고 깨달을 수 있습니까?

하창수 그렇다면 우리는 답을 얻기 위해 질문을 하는 것인데, 모든 질문은 정답을 가지고 있습니까?

이외수 정답은 없습니다. 답은 무한입니다.

뚝!

Q

002

천국과 지옥 중 한 곳을 체험할 수 있는 티켓이
손에 들어왔습니다. 어느 곳을 체험하고 싶습
니까?

이외수 먼저 반문하겠습니다. "하느님은 정말로 사랑이 가득한 신이십니까?" 그렇다는 대답이 돌아온다면… 저는 지옥을 택하겠습니다. 천국은 나중에 가게 될 테니까요. (웃음)

하창수 두 번씩 가볼 필요는 없다는 얘기군요.

이외수 하지만 솔직히 말하면, 천국 가는 티켓이 좋겠지요.

하창수 이유가?

이외수 그동안 지옥은 엄청나게 경험해봤으니까요.

뚝!

Q
003

"똥이 무서워서 피하냐, 더러워서 피하지"라는
말이 있습니다. 더러운 건 피해야 합니까?

이외수 치워야 합니다. 피하기만 하면 천지가 똥밭이 됩니다.

똥!

Q

004

엉뚱한 상상에 빠질 때가 많습니다. 그러니 현
실감이 떨어진다는 핀잔을 듣습니다. 어찌해야
할까요?

이외수 나무가 가지를 위로 뻗는 것은 땅에서 멀리 떨어지기 위해서가 아니라 하늘에 가까이 다가가기 위해서입니다. 현실을 지나치게 중시하는 분들은 가끔 이상을 중시하는 분들을 비웃곤 하지요. 그러나 인류는 이상을 중시하는 사람들에 의해서 발전을 거듭해왔습니다.

뚝!

노아의 방주에 소설가 한 명을 태우게 한다면,
누구를 추천하겠습니까? 이미 세상을 떠난 소
설가까지 포함해서요.

이외수 노아에게 이렇게 말하고 싶어요. "노아, 소설은 그대가 쓰시오!" 노아로 하여금 독자 없는 소설가의 고독을 뼈저리게 느끼게 하는 겁니다. 배 안엔 짐승들밖에 없을 테니까요.

하창수 소설가를 방주에 태우려던 계획을 취소할 것 같네요.

똑!

Q
006

평소 채식주의를 고수해온 K는 크루즈 여행을
하던 중에 조난을 당해 천신만고 끝에 무인도
에 닿았습니다. 야자나 코코넛 같은 열대식물
들을 기대했지만 K가 당도한 무인도에는 그런
게 전혀 없습니다. 먹을 수 있는 거라곤 오직 해
변의 산호초 사이를 헤엄치는 물고기뿐입니다.
물고기는 아주 풍부해서 별 힘 들이지 않고 잡
을 수 있습니다. 그런데 K는 평생 동안 철저하
게 육식을 금해왔습니다. K에게 살생은 자신의
목숨을 해치는 것이나 마찬가지입니다. 이제 K
는 굶어죽어야 할까요?

^{이외수} 어떤 주의나 신념이라도 목숨과 관련된 문제에서는 유연해져야 합니다. 살아남기 위해서는 뭔가를 먹어야 하는데 물고기를 죽이는 게 싫다면, K에게 한 마디 하고 싶네요. "남의 살을 먹을 수 없다면, 그대의 살을 베어 먹으시오."

뚝!

Q
007

공원을 산책하다가 갑자기 배가 아파 공중화
장실로 뛰어들어갔습니다. 가까스로 위기를
면하고 뒤처리를 하려는데 화장지가 없습니다.
주머니를 뒤지기 시작합니다. 화장지로 대용할
수 있는 것으로 두 가지가 나왔습니다. 사랑하
는 사람이 선물로 준 하늘색 줄무늬의 흰 손수
건, 그리고 오만원권 지폐 한 장. 무엇을 써야
할까요?

이외수 양말을 쓰는 방법도 있죠. 요즘은 청바지들 찢어서 입던데, 조금만 더 찢어도 되고요. 그런데 이보다 더 좋은 방법이 있습니다. 최첨단 기법인데…

하창수 **최첨단 기법, 그게 뭡니까?**

이외수 페이스북이나 트위터에 올리는 거지요. 휴대폰을 사용해서요.

하창수 **아… 휴지가 없다, 여기는 어디어디 공중화장실이다, 이렇게 말이죠?**

이외수 실제로 효과 본 분들이 있다고 들었습니다. 참 아름답고 따뜻한 세상이에요.

하창수 **손수건이냐 오만원권이냐, 괜한 고민을 했군요.**

뚝!

에디슨은 천재의 조건을 "1%의 재능과 99%의 땀"이라고 표현했습니다. 명문 대학 수석 합격자들은 하나같이 "교과서를 중심으로 열심히 공부했을 뿐"이라고 말합니다. 정말 노력으로 '천재'나 '수석 합격자'가 될 수 있을까요?

이외수 운칠기삼(運七氣三)이라 하면 될까요? 노력의 중요성은 아무리 강조해도 지나칠 게 없겠지만, 다른 필요한 것들도 많습니다. 훌륭한 스승도 필요하고, 좋은 환경도 필요하고, 충분한 시간도 필요하고요. 사실, 아침에 신문배달 하고, 오후에는 우유배달 하고, 저녁에는 알바 하고, 그리고 밤에 들어와서 잠 안 자고 공부한다… 말이 안 되죠. 졸린데 무슨 노력을 어떻게 합니까. 그렇다고 포기할 수는 없는 일이니, 결국 목표 달성하기까지 시간을 길게 잡는 수밖에요. 개천에서 용 나던 시절 같으면 그야말로 주경야독(晝耕夜讀)으로 뭔가 이룰 수도 있겠지만, 초등학교 때부터 입시를 준비하는 요즘 세상에는 '주독야독(晝讀夜讀)'을 해도 이루기 힘들어요.

하창수 노력으로 천재를 이길 수는 없습니까?

이외수 천재는 있어요. 그러나 요절하지요. (웃음) 타고난 재능 없이 노력으로 성취를 이루는 사람은 대가(大家)입니다. 천재보다는 대가를 더 높이 봐야 합니다. 제가 목표를 달성하기까지의 시간을 길게 잡으라고 했는데, 천재를 부러워하고 따라잡으려 하지 말고, 충분한 시간을 두고 대가가 되려고 노력하라는 뜻입니다. 재능을 타고난 사람들은 노력형이 되기 어렵지요. 그래서 대가가 잘 안되죠. 노력을 해서 대가가 되십시오.

뚝!

Q

009

야생에 사는 오리는 날아다닐 수 있습니다. 집
오리는 날아다닐 필요가 없으니 나는 기능을
상실했고요. 대신에 집오리는 먹이 구할 걱정이
없고 천적으로부터도 안전하게 보호받습니다.
이런 상황은 오리만이 아니라 인간이 기르는 가
축들 모두에게 해당됩니다. 그렇다면 강제된
'안전'과 안전이 보장되지 않는 야생의 '자유',
어느 쪽이 더 좋을까요?

이외수 둘 다 안전하지 않습니다. 집오리도 야생오리도 모두 안전하지 않아요. 집오리에겐 천적이 없다고 했는데, 인간이라는 엄청난 천적이 있습니다. 집오리와 야생오리 중에 어느 쪽이 더 행복한가를 따지는 건 전적으로 생각과 인식에 달려 있습니다. "월급 몇 푼 받자고 내 자유를 박탈당할 것인가?"라고 생각하는 사람에게 직장은 고통만을 안겨주는 곳이겠죠. "굶더라도 자유로운 쪽을 택할 거야"라고 생각한다면 직장을 그만 둘 수 있을 겁니다.

하창수 그렇게 하면 많은 사람들이 "바보 같은 선택을 했군"이라고 할 것 같은데요?

이외수 관건은 행복입니다. "누가 더 행복한가?"는 타인이 규정하고 판단할 수 있는 문제가 아니에요. 전적으로 자신이 어떻게 느끼느냐의 문제죠.

하창수 자신이 선택해놓고 남의 눈치를 살피는 사람들도 있습니다.

이외수 그런 사람에겐 "다시 선택하세요"라고 말하고 싶어요. 남의 눈치를 살피는 건 선택의 기준을 온전히 자신에게 맞추지 않았다는 뜻입니다. "나는 행복한가?"라고 물어야 합니다. "남들은 내가 행복하다고 생각할까?"라고 물으면 안 되지요.

뚝!

음식이 풍성하게 차려져 있습니다. 맛있는 것부터 먹어야 할까요, 아껴두었다가 나중에 먹어야 할까요?

이외수 주위에 착한 사람들이 많으면 맛있는 건 아껴두고 맛없는 것부터 먹고요, 만약 주위에 나쁜 사람들이 많다고 생각된다면 맛있는 걸 먼저 드십시오.

뚝!

"중이 제 머리를 깎지 못한다"는 말은 일종의
비아냥처럼 사용됩니다. 그런데 중이 제 머리를
깎지 못하는 게 잘못인가요?

이외수 "대장장이 집에 식칼이 없다"는 말도 있지요. 한 사람이 만능이 될 수는 없다는 의미에서 비슷한 맥락입니다. 그런데 "중이 제 머리를 깎지 못한다"는 말에는 숨은 뜻이 있습니다. 머리를 깎는다는 것은 깨달음에 입문한다는 뜻인데, 여기에 이르도록 도와주는 존재, 즉 '스승'이 필요하다는 뜻입니다. 중의 머리는 다른 사람이 깎아주는 것이 맞습니다. 대각견성에 이른 어떤 큰스님이라도 모두 사승(師僧)이 있습니다.

이 부분에서 한 번 짚고 넘어갈게요. 날 보고 옛날에 머리 길다고 놀리거나 혐오감을 느끼거나, 머릴 깎겠다고 가위 들고 경찰관이 쫓아온 적이 있었는데, 경찰관한테 반문했어요. "머리가 짧은 경우를 한번 봅시다. 죄수, 노예, 중고등학생, 그리고 스님. 그중에 내가 어디에 포함됩니까?"

그 사람들은 왜 머리를 짧게 깎을까요? 통제하기 좋게 하기 위해서, 자율성을 없애기 위해서입니다. 하지만 나는 통제당할 이유가 없어요. 자유민주주의 국가에서. 그래서 나는 경찰관에게 가위를 달라고 했어요. 내가 직접 깎겠다, 규정이 어떻게 되느냐, 물으니까 옆머리는 귀에 닿으면 안 되고 뒷머리는 옷깃에 닿으면 안 된다고 하더군요. 그래서 내가 "귀를 자르고, 옷깃도 자르면 되겠군요"라고 하니까 오히려 경찰관이 도망을 쳐버렸어요.

이외수 최근 위암 수술에 앞서 그동안 선생님의 트레이드 마크와
도 같았던 수염을 깎고 긴 머리를 짧게 잘랐습니다. 기분이 어떠
십니까?

이외수 제가 수염을 깎고 머리를 자른 것은 수술을 잘 견디고 극복
하겠다는 다짐이었습니다. 중이 머리를 깎을 때와 똑같은 각오와
다짐인 셈입니다.

뚝!

밤중에 길을 가다가 갑자기 강도를 만났습니
다. 어떻게 해야 할까요?

이외수 돈이 있으면 주시고,

하창수 돈이 없다면…?

이외수 없으면 좀 꿔달라고 하죠.

하창수 강도나 도둑질 하려는 마음은 왜 생기는 걸까요? 가진 것이 없다고 모두가 남의 것을 탐하는 건 아니지 않습니까?

이외수 어쩌다 도둑질을 하게 되는 것과 상습적으로 하는 것은 다릅니다. 어쩌다 하게 되는 건 실수에 해당되는 것이라 동정의 여지가 있지만, 상습적이고 직업적으로 하는 것은 엄벌이 필요합니다.

하창수 선생님의 실제 일화 중에 도둑 이야기가 유명한데, 좀 들려주시죠.

이외수 제가 출타를 하고 집에 아내만 있을 때였는데 도둑이 들어왔어요. 평소에 워낙 많은 사람들이 들락거리니까 손님인 줄 알고 아내가 극진하게 대접을 한 모양입니다. 한참 뒤에 도둑이 주머니에서 주섬주섬 우리 집 물건을 꺼내기 시작했는데 그제야 손님이 아니란 걸 알게 되었죠. 사정 얘기를 듣고 나서 아내는 물건들을 그 사람 주머니에 도로 넣어주고는 돌려보냈는데, 세월이 얼마큼 지난 뒤에 그 사람이 우리 집을 다시 찾아왔어요. 침술을 배웠다고 하면서 굳이 침을 놓겠다고 해서 몇 대 맞은 적이 있습니다.

하창수 개과천선을 했군요. 그런데 침술의 효과는 있었습니까?

이외수 식은땀을 흘리면서 침을 맞은 기억이 납니다. (웃음)

뚝!

Q

013

흔히 3.14라고 표시하는 원주율(π)은 실은
3.14159265358979…로 무한히 계속되는 무리
수입니다. 정말 끝이 없을까요?

이외수 수에 유난히 약한 제게 수학 문제를 내는군요? (웃음) 존재하는 것은 모두 끝이 없습니다. 존재가 사라져버리면 끝이 되기 때문입니다.

하창수 보통 존재하기 때문에 끝이 있다고 생각하는데, 존재하기 때문에 끝이 없다라고 보시는군요.

이외수 우주가 무한하기 때문에, 일체가 무한하므로 끝 또한 없는 것입니다. 끝이 있다고 확신한다고 해서 무한한 것이 사라지는 것도 아니고, 무한하다고 주장한다고 해서 우리가 이루어내는 것이 무의미해지는 것도 아닙니다. "우리들 존재가 사라지면 끝인가?" 이 물음에 어떤 대답을 하겠습니까?

뚝!

Q
014

두 눈을 가진 사람이 눈이 하나밖에 없는 사람들이 사는 마을로 이주했습니다. 마을 사람들은 괴물이 나타났다고 기겁하며 달아나고, 아이들은 일정한 거리를 둔 채 신기하게 그를 주시합니다. 혼란에 빠진 그에게로 중년의 신사한 분이 다가와 진지한 목소리로 말합니다. 물론 그 신사 역시 눈이 하나입니다. "나는 외과의사요. 당신이 괴물 취급을 받지 않으려면 수술을 받아야 하오. 내가 수술을 해줄 테니 지금 당장 병원으로 갑시다." 두 눈을 가진 사람은 친절하고 자상한 외과의를 따라 병원으로 가야 할까요?

이외수 두 눈 가진 사람이 있다는 사실을 모르는 외과 의사라니, 의사로서 자격을 의심해봐야겠네요. 일단 병원으로 가지 말고 자신이 살던 동네로 가서 두 눈을 가진 사람들의 사진을 찍어서 그 마을 사람들에게 보여주면 어떨까요? 사진을 보여주면서 "우리 동네에 가면 당신들이 괴물 취급을 받을 것이다"라고 설득하는 겁니다. 동영상으로 찍으면 더욱 효과적이겠지요.

하창수 그의 말이 받아들여지면 보편성의 외연이 넓혀지겠군요. "세상에는 눈을 하나만 가진 사람도 있고, 둘 가진 사람도 있다."

이외수 사람들은 보통 자신이 가지고 있는 논리나 생각이 정확하다고 확신하는 습성이 있습니다. 그래서 자신과 다른 논리나 생각을 가진 사람을 보면 측은해하거나 화를 내게 되죠. 자신의 생각이 틀릴 수도 있다는 생각을 좀체 먼저 하질 않아요. 이건 성숙의 문제입니다. 이 문제는 '기억'에도 적용됩니다. "내 기억이 옳아. 넌 잘못 기억하고 있는 거야"라고 주장하는 사람들이 많아요. 그런 사람에겐 사진이나 동영상 같은 증거를 보여줘도 소용 없을지 모릅니다. "합성했군"이라는 말을 듣게 될지도 몰라요. 그래도 노력은 해야합니다.

뚝!

Q

015

불교의 우화 중에 강을 건너게 해준 나룻배가
고마워서 강을 건넌 뒤에도 나룻배를 지고 가
는 사람의 이야기가 있습니다. 이 우화는 "집착
을 버려라"고 말하고 있습니다. 집착은 반드시
버려야 하는 걸까요?

이외수 성취할 때까지는 집착을 가져야 합니다. 성취하기 전에는 버리면 안 됩니다. 성취한 다음에 버리십시오. 집착하지 않으면 성취하기 어렵고, 성취한 뒤에도 집착하게 되면 다음 단계로 넘어갈 수 없습니다.

하창수 나룻배가 너무 고마워서 고마움의 표시로 지고 갔다면 어떤가요?

이외수 나룻배가 아니고 군함이면 어떡할 겁니까? 그리고 나룻배를 가지고 가버리면, 다른 사람은 어떻게 강을 건너죠? 성취 뒤의 집착은 이기심과 같아요.

하창수 고맙다고 계속 찾아와서 고마워요, 고마워요, 그러면…

이외수 불편하지요.

뚝!

Q
016

불가능한 일을 가능하게 만드는 방법이 있을
까요?

이외수 불가능한 일이 가능하게 되면 그건 불가능한 일이 아니죠. 사실, 불가능한 일이란 건 사람마다 달라요. 마라톤 풀코스를 2시간 10분 안에 주파하는 건 보통 사람에겐 불가능한 일입니다. 하지만 마라톤 선수에겐 전혀 불가능한 일이 아니죠. 만약 "불가능한 일을 가능하게 할 수 있을까요?"라는 질문에 "불가능한 일은 얼마든 가능하게 할 수 있다"고 대답한다면, 이 대답은 맞을 수도 있고, 틀린 대답일 수도 있어요.

뚝!

Q

017

아무것도 먹지 않고 40년 이상을 살아가고 있는 분의 얘기를 들은 적이 있습니다. 음식에 대한 거부 반응이 너무 심해서 오직 섭취가 가능한 것은 물뿐이라고 했습니다. 당시 50대였던 그 분은 무척 말랐다는 생각만 들 뿐 보통 사람과 그다지 달라 보이지 않았습니다. 그 분의 말을 사실로 받아들일 수 있겠습니까?

이외수 세상엔 불가사의한 일이 얼마든 있으니까 사실이 아니라고 하기도 힘들 듯 싶네요. 저도 굶는 데는 이력이 좀 있는 사람이지만… 평생토록 아무것도 먹지 않는다는 건 결코 쉬운 일은 아니죠. 어쩌면 그 분은 먹지 않는 게 더 편할는지도 모릅니다. 사실 공기 중에 에너지가 산재해 있으니까, 호흡을 통해 생명유지에 필요한 에너지를 섭취할 수도 있죠. 아무튼 경지가 대단한 분으로 보입니다.

하창수 이번에 선생님은 위암 치료를 위해 소화기관인 위를 모두 절제했습니다. 그동안 줄곧 소식(小食)을 하긴 했지만, '먹는 문제'에 대한 생각이 예전과 달라졌을 것 같습니다. 어떻습니까?

이외수 《세대》지 신인문학상 당선소감에 "창자에게 미안하다, 너무 많이 굶겨서"라는 표현을 썼었습니다. 가난 때문에 굶기를 밥 먹듯 했을 때였죠. 가난을 조금 면한 뒤에는 술을 들이부어서 고생시켰구요. 술로 장아찌를 담갔죠. 형편이 많이 좋아진 뒤에도 소식(小食)은 여전했습니다. 영양공급을 제대로 해주지 못한 위장에게 늘 미안했는데, 이번에는 아예 떼어버렸습니다. 비로소 '무위자연'의 삶을 살 수 있게 됐다고 농담을 합니다만, 사실 수술 자리가 아린 것 이상으로 떼어낸 위에게 죄책감과 미안함을 느낍니다.

똑!

Q

018

시쳇말로 남자는 태어나서 세 번 울어야 한다
는 말이 있습니다. 태어날 때, 부모를 여의었을
때, 조국을 잃었을 때. 만약 한 번 더 울음을 허
락받는다면 어느 때에 울겠습니까?

^{이외수} 사실 이 말에 대해선 불만이 많습니다. 횟수를 정해놓고 우는 건 뻐꾸기시계죠. 사람은 시도 때도 없이 울 수 있어야 합니다. 시간을 정해놓고 울거나, 횟수를 정해놓고 울라고 하는 건 인간이 되지 말라는 얘기에 다름없어요. 눈물이 있다는 것은 사랑이 있다는 것입니다. 눈물을 흘린다는 건 감정이 그만큼 풍부하다는 얘기입니다. 공감의 폭이 넓다는 뜻이죠. 몰인정한 것을 "피도 눈물도 없다"고 하지요.

^{하창수} 요즘엔 정치인들이 자주 우는 모습을 보이던데…

^{이외수} 그렇게라도 울 줄 안다는 건 칭찬할 만한 일입니다. 그래놓고도 약속을 지키지 않으면 인간성과 진정성을 모두 의심해봐야 하고요.

뚝!

러시아의 소설가 안톤 체호프의 단편소설 〈내기〉는 종
신형과 사형 중에서 어떤 것이 나은지에 대해 논쟁을 벌
이던 변호사와 의사가 거액의 상금을 걸고 "15년 동안
아무도 만나지 않고 정해진 한 장소에서만 지낼 수 있는
가?"라는 내기를 하면서 일어나는 일들을 다루고 있습
니다. 할 수 있다는 쪽에 내기를 건 변호사는 스스로 고
립된 집에 갇혀서 지내게 되는데, 첫해는 외로움과 무료
함으로 극심한 고통을 당하다가 이듬해부터 책을 읽기
시작합니다. 고전부터 시작한 그의 독서도 서너 해가 지
나자 잠시 시들해져 한동안 술에 의지하지만, 결국 다시
책을 잡기 시작하면서 다양한 분야의 책을 섭렵합니다.
두 가지 질문을 하겠습니다.

(1) 형을 당하는 입장에서 종신형과 사형 중에서 어느 것
이 낫다고 생각합니까?

(2) 만약 선생님이 변호사의 입장이라면 무료함과 외로
움을 달래기 위해 무엇을 택하겠습니까?

이외수 첫 번째 질문에, 사형은 그냥 가만있어도 당하는 거잖아요. 종신형이 낫지 않겠어요? 두 번째 질문에, 나라면 주변의 사물들과 대화 창구를 개설해서 여러 가지 상담도 받고 사연들도 좀 들어보고 내 얘기도 해주고 그럴 겁니다. 자연과 대화를 나누는 거죠. 15년이 지루하지 않게 지나갈 듯싶은데요. 자연은 시시각각 달라지기 때문에 하늘 아래 똑같은 풍경은 없습니다. 자연은 늘 새롭습니다.

뚝!

Q
020

상대가 거짓말을 하는지 안 하는지, 알아내는
방법이 있을까요?

^{이외수} 두 가지 방법이 있습니다. 하나는, 자신이 산골의 옹달샘처럼 청명하면 상대의 거짓말을 단번에 간파할 수 있습니다. 다른 하나는, 거짓말의 달인이 되는 겁니다.

뚝!

Q
021

은어(隱語)도 언어(言語)로서 유용합니까?

^{이외수} 그렇습니다. 나름의 유용성이 있습니다. 때로는 일부러 물고기를 썩혀서 먹기도 하잖아요? 썩혀서 먹을 때 더 맛있는 경우가 있습니다.

뚝!

Q

022

법으로 관람을 금지하는 영화나 영상들이 흔히 19세를 기준으로 나누어집니다. 이른바 '야동'은 19세 이하에게는 유해하고, 성인에겐 유해하지 않은 겁니까?

이외수 성(性)에 대한 사람들의 생각이나 사회적 법적 규제는 시대와 지역마다 각각 달랐습니다. 성에 대한 잣대는 터무니없이 엄격할 때도 있었고 아주 관대할 때도 있었습니다. 가령, 고대 로마에선 자위를 하는 것만으로도 사형을 시켰는가 하면, 전쟁으로 인해 남성의 수가 현저히 줄어들게 되면 일부다처제를 공표하기도 했어요. 오늘의 우리 사회가 정해놓은 '19금'은 〈춘향전〉에서 이몽룡과 다양하게 '사랑'을 나눴던 춘향의 나이가 열여섯 살에 불과했다는 것과 비교하면 금지의 수준이 꽤 높은 거죠. 만으로 치면 나이가 더 어려지구요. 19세든 99세든, 중요한 건 성을 향유할 나이를 임의로 정하는 것이 아니라 성을 아름답게 만들어가는 문화, 성에 대한 성숙한 의식을 갖는 일입니다.

하창수 성의 문제와 '야동'의 문제는 좀 다르지 않을까요?

이외수 다른 문제일 수도 있지만, 본질은 동일하다고 봅니다. 요컨대 '야동'이란 것도 볼 수 있는 나이를 정한다는 것이 별 의미가 없다는 거죠. '야동'의 문제점은 '성범죄'와의 관련성 때문인데, 성범죄를 유발하는 측면이 있다고 주장하는 학자들이 있는가 하면 오히려 욕구의 배출을 통해 성범죄를 예방하는 측면이 있다는 주장을 펴는 학자들도 있거든요. 사실, 이보다 더 큰 문제는, 가정도 그렇고 학교도 그렇고, 그저 쉬쉬하는 겁니다. 이러니 은밀하게 유통되고 소비될 수밖에 없죠. 이미 사회적 현상인데 공론화시키지 않는다는 건 이 자체로 억압입니다.

민주주의가 성숙된 나라는 성적 억압이 상대적으로 덜한데, 예술에서의 외설 시비나 페미니즘 논쟁, 혹은 동성애에 대한 사회적 인식을 지켜보면 알 수 있어요. 유럽, 특히 북유럽과 비교한다면 우리가 성적으로 억압된 사회에 살고 있다는 건 명백합니다. 아마 '야동'의 수준에도 차이가 많이 날 듯하군요.

나이의 제한은 죄의식의 문제와도 관련 있습니다. 그 나이를 벗어나면 마치 죄의식으로부터 자유로워지는 것처럼 느끼게 되죠. 죄의식이 아니라 성의 본질, 성의 기능, 성의 역할, 성의 미학을 이야기하는 것이 필요합니다. 이 이야기를 하는 데 나이의 제한을 둘수는 없지 않습니까? 자유롭게 성을 얘기할 수 없는 사회는 억압된 사회라는 증거입니다.

하창수 '야동'에 빠진 이른바 '야동 폐인'들에게 조언 한 마디 해주신다면?

이외수 "실습에 주력하지 말고 감상에 주력하라. 실습에 주력하다 보면 패가망신의 지름길이 될 수 있지만, 감상에 주력한다면 일시적인 쾌락은 얻을 수 있다."

뚝!

Q

023

예수는 아무것도 먹지 않은 채 40일을 견디며
광야에서 고행을 하는 동안 악마로부터 세 가
지 유혹을 받습니다. 하나는 "그대가 신의 아
들이라면 돌을 빵으로 만들어보라"는 것이고,
다른 하나는 "그대가 신의 아들이라면 성전 꼭
대기에서 뛰어내려보라"는 것이며, 나머지 하나
는 "내게 엎드려 경배를 한다면 세상 모두를 그
대에게 주겠다"는 것입니다. 이 세 가지를 예수
는 모두 거부합니다. 선생님이라면 어떻게 했을
것 같습니까?

이외수 이 질문에 대해선 제 소설 《장외인간》의 한 대목으로 대답을 대신하겠습니다.

한 신자가 하느님을 보고 이렇게 주문을 합니다. "아무도 들지 못하는 돌을 만들어보십시오. 그럼 내가 당신을 하느님으로 인정하겠습니다." 그러자 하느님이 아무도 들지 못하는 돌을 만들었어요. 이번엔 그 신자가 하느님을 보고 이렇게 말합니다. "당신은 전지전능하니 이 돌을 들어보십시오." 하느님은 그의 앞에서 돌을 들어보였습니다. 그러자 신자는 "사기다!"라고 합니다. 이때 하느님이 이렇게 말하죠. "내가 아무도 들 수 없는 돌을 만든 것도 너를 사랑해서고, 그 돌을 든 것도 너를 사랑해서다."

관건은 사랑입니다. 누군가의 요청을 받아들이느냐 않느냐는 건 사랑이 결정합니다. 사랑한다면 불가능한 것도 들어줄 것이고, 사랑하지 않는다면 가능한 것도 들어주지 않을 겁니다.

뚝!

Q

024

물이 지겨워진 물고기가 있습니다. 이 물고기
는 물 밖의 세계를 알고 싶어 합니다. 물 밖으
로 나가면 당장 죽을 거라고 다른 물고기들이
알려주어도 소용 없습니다. 이 물고기, 어떻게
해야 합니까?

이외수 이런 물고기들한테 필요한 게 어항입니다. 어항에 갇혀보면 알게 되죠. 강물의 진가를. 그런데 어항에 너무 오래 갇혀 있으면 안 됩니다. 나중에 어항에서 건져다 강물에 풀어놔줘도 좁은 사각형 틀에서 벗어나질 못하니까요.

하창수 한 번 물 밖으로 나갔다가 고생을 한 물고기 중에 크게 각성하는 물고기도 있지 않을까요?

이외수 당연히 있지요.

하창수 그럼 한 번쯤 나가 보는 것도 나쁘진 않을 것 같은데요?

이외수 그렇죠. 그런데 어설프게 당하면 더 나빠져요. 제대로 당해보는 게 중요합니다. 된통 당해봐야 큰 교훈을 얻게 되니까요. 하지만 그런 교훈도 잦으면 독이 된다는 겁니다. 아슬아슬하게 살아본 사람은 알지요.

뚝!

Q
025

태어나는 것과 태어나지 않는 것을 택할 수 있
다면, 무엇을 택하겠습니까?

이외수 태어나지 않는 것은 무극(無極)의 상태를 말합니다. 양(陽)도 아니고 음(陰)도 아닌 상태, 어떤 변화도 일어나지 않는 상태입니다. 우주와 하나가 되는 것, 본성으로 돌아간 것이라고 보면 됩니다. 본성에 비했을 때 현상은 천변만화(千變萬化)합니다. 무엇이 재미있는가를 놓고 보면, 변하는 쪽이 훨씬 흥미롭지요. 그래서 저는 다시 태어나는 쪽을 택할 겁니다.

하창수 혹시 다시 태어나고 싶은 나라가 있습니까?

이외수 민주주의가 활짝 꽃핀 나라.

하창수 한 곳을 꼬집어 말한다면 어디라고 할 수 있을까요?

이외수 코스타리카. 복지가 잘 갖추어져 있고, 중립국 선언을 한 뒤로는 군대도 없앴지요. 굳이 특정한 나라가 아니더라도, 세 가지만 없다면 기꺼이 가겠습니다. 첫째는 군대, 둘째는 학교, 셋째는 종교.

똑!

우리나라는 문맹률이 세계에서 가장 낮고, 대
학 진학률은 세계 최고 수준입니다. 그러함에
도 한국사회의 행복지수는 최하위권에 속하
고, 자살율은 최상위입니다. 왜 그럴까요?

이외수 우리 사는 세상은, 예수나 부처의 가르침에 대해 많이 알고 있는 사람이 필요한 세상이 아니라, 예수나 부처의 가르침을 실천할 수 있는 사람이 필요한 세상입니다.

똑!

Q
027

어느 날 아침 눈을 떴는데 30대 초반의 여자로
변해 있습니다. 그 상태로 딱 일주일간 살 수 있
다면 뭘 하고 싶습니까? 월요일에서 일요일까
지, 매일의 스케줄을 공개해주세요.

이외수 우아하게 시를 쓰면서 살겠습니다. 월요일에도 시를 쓰고,
화요일에도 시를 쓰고… 일요일까지 우아하게.

뚝!

Q
028

만약, 돌아가신 아버님과 하루를 함께 보낼 수
있는 시간이 주어진다면 무엇을 하겠습니까?

^{이외수} 감성마을을 구경시켜드리겠습니다. 둘러보시면 아마 제가 살아온 날들을 아실 수 있을 것이고, 흐뭇해하실 것 같습니다. 아버님은 평소에 약주를 좋아하셨으니, 저녁에는 좋은 안주를 준비해서 술잔을 올리겠습니다.

뚝!

별주부전

이외수의 고전 옆차기 #1

Q 029 토끼의 간으로 자신의 병을 치료하려고 한 용왕은 이기적인 것 같습니다.

하창수 자라(별주부)는 용왕의 병을 치료하기 위해 토끼를 꼬드겨 용궁으로 데려온 뒤 간을 내놓으라고 합니다. 이때 토끼는 꾀를 내서 간을 육지에다 두고 왔다고 둘 러댄 뒤 육지로 나오자마자 도망을 치게 됩니다. 간을 내놓고 다닌다는 건 누가 봐 도 말이 안 되는데 자라가 토끼의 거짓말에 너무 쉽게 속아넘어간 것 같습니다.

이외수 토끼가 처자식이 줄줄이 달린 직장인, 아니 직장토(兎)라 평 소에 간이고 쓸개고 다 내놓고 사는 건지도 모르죠.

하창수 토끼의 꾀에 넘어간 자라를 멋지게 구해줄 방법이 없을까요?

이외수 자라가 울고 있으니까, 연못에서 뿅, 하고 신선이 나타납니 다. 신선이 자라에게 쥐 간, 닭 간, 토끼 간을 차례로 보여주면서 "이 간이 네가 찾는 간이냐?" 하고 물어요.

하창수 세 가지 간을 다 가지고 용궁으로 돌아간 자라는 용왕의 병을 말끔히 낫게

했고, 오래오래 행복하게 살았다! (웃음) 그런데 용왕이 무슨 병에 걸려서 토끼의 간을 먹어야 했을까요?

이외수 간이 필요했던 걸 보면 애주가였던 모양입니다.

하창수 가만 보면 〈별주부전〉은 옛날 얘기들이 공통적으로 가지는 권선징악의 틀로 봤을 때 이해가 안 가는 부분이 있습니다. 토끼가 아무 잘못도 없이 간을 내놓아야 하는 건 뭔가 이상하지 않습니까? 용왕의 목숨이나 토끼의 목숨이나 모두 중요한데 말이죠. 토끼의 생명을 죽여가면서 살려야 할 만큼 용왕이 중요한 존재인가요?

이외수 그 용왕님이 아마, 심청이 아버지의 눈을 떠주게 한 그 용왕인가 보죠? 그나저나 의료민영화되고 나면 용왕도 용궁을 팔아야 할 겁니다.

홍길동전

이외수의 고전 옆차기 #2

Q 030 홍길동, 임꺽정, 일지매 셋이 모였습니다. 누구네 집으로 가장 먼저 갈까요?

하창수 홍길동은 서얼이어서 호부호형(呼父呼兄)하지 못하는 신세였지만, 오히려 그런 역경 때문에 새로운 세상을 꿈꾸게 된다는 점에서 〈홍길동전〉은 단순한 이야기는 아닌 것 같습니다.

이외수 소설은 없는 이야기를 지어내는 것이지만 그 바탕은 항상 현실이죠. 〈홍길동전〉의 토대도 마찬가지입니다. 당시의 서얼들 가운데는 뛰어난 학식과 지혜를 갖춘 사람들이 많았고, 신분의 벽을 뛰어넘으려는 의지들이 팽배해 있었죠. 당대에 그 의지가 관철되지는 못했지만, 이후에 이루어지는 정치개혁의 중심엔 분명히 서얼차별 철폐에 대한 사회적 분위기가 작동하고 있습니다. 그런 점에서 〈홍길동전〉은 문학이 미래를 내다보는 장르라는 걸 입증한 셈이죠.

하창수 홍길동이 이상향인 율도국으로 떠나는 결말은 뭔지 모르게 현실도피의 기미가 강하게 느껴지는데요?

이외수 꼭 그렇게 볼 필요는 없어요. 오늘날 전국의 동사무소에까지 '홍길동'이 나타나는 걸 보면 알게 모르게 홍길동이 서민들의 뇌리에 깊이 각인되어 있다고 봐야 합니다. 이건 현실에 대한 불만, 개혁에 대한 의지 같은 걸 늘 갖고 있다는 얘기지요. 직접 나서서 현실을 타개하지는 못하지만 홍길동 같은 의로운 행동가가 나타난다면 기꺼이 따르겠다는 것으로 받아들일 수 있지 않을까요? 이상향을 건설한다는 생각은 현실도피보다는 원대한 꿈으로 해석할 필요가 있어요. 이런 걸 한 번 상상해보는 것도 재밌을 것 같아요. "일지매, 임꺽정, 홍길동, 이 세 사람이 지금 우리 앞에 나타났습니다. 이들은 누굴 맨 먼저 치러 갈까요? 베스트 10을 꼽아 보시오!"

하창수 재밌겠는데요. 사람들마다 순위는 다를 수 있겠지만, 베스트 10 안에 들어갈 인물들은 거의 비슷하지 않을까 싶습니다. 누구라고 꼬집어 말하긴 그렇지만…

흥부전

이외수의 고전 옆차기 #3

Q 031 경제적으로 무능했던 흥부에게 어느 날 제비가 물어다준 복 (박씨)은 일정 부분 요행이라 할 수 있습니다. 흥부의 인생은 끝까지 행복했을까요?

하창수 흥부는 박을 타서 그야말로 대박이 났지만 놀부는 쫄딱 망해서 굶을 지경에 이르게 됩니다. 이때, 놀부가 밥을 얻으러 흥부집을 찾아갔다면 무슨 일이 벌어졌을까요?

이외수 흥부 내외가 성정이 착하다는 건 누구나 아는 일이니 설마 흥부 부인이 밥주걱으로 놀부의 뺨을 칠 리는 없겠지요. 요즘 식으로 말하면 프랜차이즈 하나쯤 마련해주지 않았을까요? (웃음)

하창수 놀부 이름을 딴 보쌈집이 그럼…? (웃음) 제비는 다리를 고쳐준 흥부와 놀부에게 똑같이 박씨를 물어다주지만 흥부의 박은 대박이 나고, 놀부의 박은 쪽박이 됩니다. 〈흥부전〉을 만약 현대식으로 개작하게 되면 이 대목은 어떻게 바뀔까요?

이외수 흥부와 놀부에게 똑같이 로또 1등 번호가 적힌 쪽지를 주는데, 놀부에게 준 건 지난 주 1등 번호. 추첨이 끝난 뒤에 사실을 알게 된 놀부는 복장이 터지고 위경련이 일어나고…

하창수 그야말로 대박을 터트린 흥부의 삶을 좀 더 지켜본다면, 어떻게 되었을까요?

이외수 복권에 당첨되어서 좋아지는 경우는 없대요. 70%는 몰락하고, 30%는 베풀어서 잘 되는 경우라고 하죠. 그런데 흥부는 성정이 착하니, 갑자기 부자가 되었다고 놀부처럼 되었을 리는 없겠지요. 하지만 만약 속편을 쓴다면, 졸부가 된 흥부의 몰락을 그리는 것도 의미가 있습니다. 주식투자 해서 말아먹고, 가족들 돌보지 않고 방탕하게 살다가 재산탕진하고, 그러다 놀부가 했던 제비 다리 부러뜨리는 지경에까지 가는… 박씨 물어오는 제비를 양식하다 부도가 나는 건 어떨까요? (웃음) 제비가 재앙의 씨앗을 가져올 수 있죠.

하창수 어떤 경제 전문가가 경제학적으로 접근해서 흥부와 놀부를 해석한 걸 본 적이 있습니다. 일테면 흥부는 경제적으로 무능한 사람이었고 놀부는 경제적 안목을 가진 사람이었다는 식으로 말이죠. 그분은 흥부가 요행을 통해 부자가 된 것, 경제적으로 무능한 사람이 착하다는 이유만으로 엄청난 복을 받는다는 설정은 사람들에게 결코 교훈적일 수 없다고 주장을 합니다. 여기에 반론한다면?

이외수 그렇게 볼 수도 있지만, 〈흥부전〉에 나와 있는 흥부와 놀부의 캐릭터 전체를 보지 않고 일면만 본 결과라고 생각합니다. 놀부의 못된 심보에 대해서는 적나라하게 나와 있지요. 남이 잘 되는 꼴 못 보고, 훼방 놓기 좋아하고, 싸움 붙이고…. 이런 사람에게 능력이 있다고 말하는 게 오히려 잘못된 거지요. 어떻게 하든 돈만 잘 벌면 된다는 식이니까요. 그리고 흥부의 착한 성정은 그저 마음이 착한 것만이 아닙니다. 한낱 미물인 제비의 아픔에까지 동화되는 모습은 "착하게 살아야 복을 받는다"는 식의 단순함도 있지만 인간의 근본인 사랑을 얘기하고 있는 거지요. 〈흥부전〉을 경제적으로만 분석하는 건 문제가 있어 보입니다. 돈이 사람보다 중요할 수는 없지요. 경제력과 인간성은 별개입니다.

Q 032 나무꾼이 아니라 부잣집 도령이었어도 선녀는 하늘로 올라 갔을까요?

하창수 〈선녀와 나무꾼〉을 보면 선녀들이 지상으로 내려와서 목욕을 하는데요, 천상에선 목욕을 할 수가 없었던 건지 의문이 듭니다.

이외수 천상에는 구름뿐이죠. 비는 모두 지상으로 내리잖아요.

하창수 남자가 나무꾼이 아니라 부자였거나 권력층의 자제였다면 선녀의 태도가 바뀌지 않았을까요? 선녀는 천상으로 올라가지 않고 그냥 눌러 살지 않았을까 싶습니다.

이외수 지상에서 아무리 호사스럽게 산다 해도 천상에서 누리는 즐거움을 따라갈 순 없을 겁니다. 지상과는 비교할 수 없죠. 어떤 신분의 사람이었어도 선녀는 하늘로 올라가려 했을 겁니다.

하창수 옛이야기에 반드시 나오는 것 중의 하나가 '금기'에 관한 겁니다. 무슨 일이 있어도 꼭 하지 말라고 하는 게 있죠. 성경에도 돌아보지 말라는 경고를 무시하고

돌아보았다가 소금기둥이 된 얘기가 나오고, 에우리디케를 찾아 지옥까지 간 오르
페우스는 결국 의심이 들어 돌아보았다가 사랑하는 사람을 영원히 잃게 되죠. 이런
점은 어떻게 생각합니까?

이외수 성경의 창세기에 나오는 아담과 이브의 선악과 얘기도 마
찬가지죠. 만약 따먹지 말라는 얘기를 하지 않았다면 쳐다보지도
않았을지 모릅니다. 여기엔 인간이 지닌 '금기를 어기려는 욕망'
이 관여합니다. 하지 말라고 하면 더 하고 싶은 게 인간입니다. 이
걸 위정자들은 통치의 수단으로 이용합니다. 권유보다는 명령을
하는 거죠. "이런 이런 걸 하시오"라기보다는 "이것 이것은 하지
마시오"라는 식으로, 권력을 가진 쪽에서 늘 제약을 가하는 겁니
다. 평등하지 못한 사회일수록, 의식이 덜 깨어 있는 사회일수록
이런 통제가 강하게 나타납니다.

짜장면이냐, 짬뽕이냐

2

어디에서 점심 하시겠는가?

Q

033

짜장면과 짬뽕을 두고 항상 갈등하게 됩니다.

어떻게 해결할 수 있을까요?

이외수 짜장면은 짜장면대로 고유의 맛이 있고, 짬뽕은 짬뽕대로 고유의 맛이 있어요. 둘 사이에서 갈등을 일으키는 건 번갈아 가면서 먹으려 하지 않고 한꺼번에 먹으려고 하기 때문입니다. 욕심을 버려야 해요. 둘을 놓고 더 맛있는 것, 더 나은 걸 택하려는 자신을 바꿔야지 짜장면이나 짬뽕을 바꿀 생각을 하면 안 되죠.

하창수 이번엔 짬뽕, 다음엔 짜장면. 갈등은 없어지고, 기대감은 두 배로 늘어나겠군요.

이외수 그리고 한결같이 우리 입맛을 돋워주는 단무지와 양파에 대해서도 존경심을 가져야 합니다. 이 둘이 있다는 것만으로도 만족하자구요.

뚝!

Q

034

이처럼 많은 사람들이 먹고 사는 일에 매달립니
다. 먹고 사는 일을 초연하게 여기는 예술가들
조차 때로는 먹고 살기 위해 예술 자체를 포기
할 때가 있습니다. 먹고 사는 일과 자유의 길은
상충(相衝)할 수밖에 없나요?

이외수 예술가도 오장육부를 가지고 있습니다. 먹지 않으면 배가 고프죠. 하지만 남들과 똑같이 사고(思考)하고 똑같이 행동하고 똑같이 먹고 똑같이 배설한다면 그게 그거인 예술밖에는 못해요. 예술이 진정으로 가치 있는 것이라면, 자신이 하는 예술이 진정한 가치를 지닌 것이라고 확신한다면, "예술엔 무통분만도 없고, 불로소득도 없다"는 말을 받아들여야 합니다.

하창수 "사람이 돈만으로 사는 건 아니다, 예술가들은 가난해도 예술의 길을 간다는 보람으로 사는 것이다"라는 말을 하는 사람도 있습니다. 지나친 생각인지는 모르겠지만, 저는 이 말이 마치 "예술가는 가난해야 한다"는 논리로 읽힙니다. "예술을 하려면 가난해야 한다"고 말이죠.

이외수 그 말대로라면, 세상의 모든 가난한 사람들은 이미 예술가인 셈이네요.

하창수 (웃음) 그렇게 되네요.

이외수 전 그 말에 동의할 수 없어요. 가난을 예술과 직결시키면 큰 오류가 생깁니다. 가령, 세계적인 화가들은, 과장을 좀 하면, 드럼통 크기만큼의 물감을 써요. 예전에 저는 그림을 그릴 때 말라붙은 튜브를 면도날로 가르고 박박 긁어서 썼습니다. 사람들은 어떤 걸 예술이라고 합니까? 튜브 바닥에 말라붙은 물감을 긁어가면서 하는 것이 예술일까요? 이런 상황이면 예술을 하는 게 아니라 예술과 싸우는 거죠. 가난해야 예술이 나온다는 생각은 오해이고 곡해입니다. 고통 중에는 예술이 나오지 않습니다. 고통 중엔 고통에서 헤어 나오기 위해 사투를 벌이기 바쁘죠. 예술은 고통이 끝나야 나옵니다.

뚝!

내친 김에 예술가의 표현에 관한 질문을 하나
하겠습니다. 창의적이긴 하지만 쉽게 받아들여
지지 않는 표현과, 상투적이긴 하지만 의미가
명료한 표현 중에 어느 쪽에 점수를 더 주겠습
니까?

이외수 상투적인 표현에는 점수를 주고 싶지 않아요. 명절 때만 되면 텔레비전 뉴스는 재방송을 하듯 똑같아요. "귀성 차량들로 고속도로는 거대한 주차장이 되었습니다. 하지만 마음은 벌써 고향으로 달려가고 있습니다." 예술가라면 상황이 똑같다 하더라도 얼마든지 표현을 달리할 수 있습니다. 예술가는 늘 보던 것도 새롭게 봐야 합니다. 예술 하는 사람에게 상투적인 건 일종의 암입니다.

하창수 독자가 쉽게 이해할 수 없는데도요?

이외수 독창적이면서도 독자들이 난해하지 않게 느끼도록 하는 방법을 찾아내야 합니다. 창의적이고 신선하면서도 어렵지 않게 이해되는 표현—이것이 가장 이상적입니다. 예술가라면 최선을 다해 이를 이루어야 합니다. 사실, 상투적인 것은 기술이에요. 이건 예술이 아닙니다. 반복학습이 가능한 것은 기술이죠. 예술은 반복학습으로 이루어질 수 있는 게 아닙니다. 창조하는 순간이 바로 예술의 출발점입니다. 다른 누구도 못 하는 것, 지금까지 해낸 적이 없고 오직 우주에 단 하나밖에 없는 것—이것이 창조입니다.

하창수 그러니 곧 새로운 거네요.

이외수 그러니 절대적 가치를 가질 수밖에 없지요.

똑!

Q

036

성공하고 싶습니다. 어떻게 해야 할까요?

이외수 성공은 언제나 나태라는 이름의 베개를 베고 잠들어 있는 사람은 외면하고, 근면이라는 이름의 곡괭이를 들고 있는 사람에게로 달려가는 특성을 가지고 있습니다. 이 사실 하나만 명심하고 살아도 나이 들어 후회하는 일은 줄어들게 됩니다.

똑!

작심삼일 하지 않는 방법이 있을까요?

이외수 어느 초등학교 선생님이 시험 문제를 냈어요. "사흘도 안 돼서 계획을 포기하거나 바꾸는 사람, 혹은 이런 경우를 표현할 때 쓰는 사자성어가 있는데, 다음 힌트를 보고 알맞은 말을 쓰시오. 작○삼○." 그런데 어떤 초등학생이 '작심삼일'보다 더 정확한 대답을 했어요. '작은삼촌'.

하창수 (웃음) 작은삼촌을 따라 하지 않으면 되는군요.

이외수 사실, 작심삼일 하지 않는 가장 좋은 방법은, 계획을 세우지 않는 겁니다. 계획을 세우지 않으면 어길 일도 없죠.

하창수 하지만, 계획을 세우지 않고 살아갈 수 있을까요?

이외수 있습니다. 계획을 세우는 게 좋은 일이라는 믿음은 일종의 미신입니다. 우리는 군이 세울 필요도 없는 하찮은 것까지 계획을 세우고, 이룰 수 없는 허황한 계획을 세워놓고 지키지 못했다고 후회하는 삶을 반복하고 있어요. 중요한 건 계획을 세우느냐 세우지 않느냐, 계획이 치밀하냐 치밀하지 않느냐가 아닙니다. 중요한 건 계획의 노예가 되지 말아야 한다는 겁니다. 작심삼일은 스스로를 학대하는 자충수일 수 있어요.

뚝!

Q

038

작은 돈에 연연하고, 씀씀이에 인색한 사람들
이 있습니다. 꼭 그렇게 살아야 부자가 될까
요?

_{이외수} 쓸 수 있어야 부자지요. 아무리 부자라도 쓰지 못하면 돈은 있으나 마나. 돈을 쓰지 않고 꽁꽁 묶어두는 사람은 그저 돈만 많은 사람이지 부자가 아닙니다. 부를 이룬 사람을 성공한 사람이라고 하는데, 여기엔 조건이 있어요. 얼마나 많이 모았느냐가 아니라, 얼마나 많이 베풀었냐가 기준이 되어야 합니다.

똑!

Q

039

돈은 얼마나 벌어야 적당한 걸까요?

이외수 욕망이라는 이름의 전차에는 브레이크가 없습니다. 인간은 욕망의 제어가 잘 안 되는 동물인데, 물질적 풍요 앞에서는 더 그렇죠. 우리가 왜 사는가요? 행복하기 위해서입니다. 그런데 행복의 기준도 얼마나 많은 돈을 가지고 있느냐로 만들어지고 있어요. 돈이 행복의 우선 조건이 되고 인간다움이 뒤로 밀려버린 사회는 미래가 결코 밝을 수 없습니다. 가족들의 안식처가 되어야 할 집을 평수로 따지고, 배가 고프지 않은 데도 꾸역꾸역 집어넣다 결국 남은 음식을 쓰레기통으로 던져버리는 사람이라면, 돈의 소유에서도 적당함은 있을 수 없죠. 돈은 마음의 크기만큼 있으면 적당하지 않을까요? 마음이 큰 사람이 돈을 벌고, 또 그만큼 다른 이를 위해 베푸는 거죠.

하창수 얘기를 듣다보니 최근의 한 부자가 생각납니다. 아프리카에 에볼라가 발생한 와중에 봉사활동을 하던 미국인 의사가 바이러스에 감염되었는데, 그 의사를 미국으로 데려와서 치료해야 하는 문제가 발생하자 도널드 트럼프라는 세계적인 부동산업자가 "데려와선 안 된다"는 견해를 언론에다 발표했었죠.

이외수 진짜 그렇다면 그 사람은 진정한 부자가 아니에요. 그 사람은 그 밴댕이만한 마음만큼의 소유면 충분했을 텐데요.

똑!

Q
040

성공해서 부자가 된 친구 앞에 서면 평범하게
살아온 나는 초라해지고 작아지는 기분이 듭
니다. 잘못 살아온 것일까요?

이외수 인간은 돈이 없을 때보다 사람이 없을 때 한결 초라해집니다. 그러나 돈이 있기 때문에 사람이 있는 경우도 있지요. 그런 경우는 돈이 떠나면 사람도 떠납니다. 비록 돈은 없지만 곁에 머물러줄 사람이 많다면 그가 바로 진정한 부자입니다. 사람 부자가 되십시오.

뚝!

Q
041

사랑하는 사람과의 결혼을 두 달 정도 앞두고
있습니다. 그런데 건강검진을 받다가 위암 말
기라는 충격적인 진단을 받았습니다. 어떻게 해
야 합니까? 연인에게 사실을 고백하고 이별을
택해야 할까요?

이외수 저라면 일단 고백할 겁니다. 고백을 하고 최선을 다해 투병을 하겠습니다. 그리고 남아 있는 시간 동안 온 마음을 다해 사랑을 하겠습니다. 그것이 제가 떠나고 난 다음에 상대에게 자유를 줄 수 있는 일이라고 여겨지기 때문입니다. 고백을 하지 않는다면, 제가 떠나고 난 뒤 상대의 가슴이 너무 아플 것 같습니다.

하창수 선생님은 이번에 위암 발병을 알고 나서 전혀 지체하지 않고 곧바로 수술을 받았습니다. 보통은 마음의 준비를 하기 위해 며칠이라도 수술을 미루게 되는데…?

이외수 암 진단을 받았을 때 환자들이 겪게 되는 다섯 가지 단계가 있다고 합니다. 처음엔 의사의 말을 의심하게 되고, 그 다음엔 자신이 암에 걸렸다는 사실에 분노하게 되고, 그런 뒤에 제한적으로나마 타협하는 단계를 거치게 되는데, 이후 말수가 적어지고 슬픔에 빠지는 우울의 단계가 기다리고 있죠. 그리고 최종적으로 모든 것을 받아들이는 수용의 단계에 이르게 된다고 합니다. 저도 똑같이 이 다섯 단계를 거쳤습니다. 다만 이 다섯 단계를 거치는 데 저는 30분이 걸렸을 뿐입니다. (웃음)

추가질문 수술실로 들어갈 때 어떤 생각을 하셨습니까?

이외수 수술하기 전에 의사는 도움이 되는 많은 얘기들을 해줍니다. 최선을 다할 것이고, 걱정하지 말라고 합니다. 그리곤 만약이라는 전제를 달고서 최악의 상태를 알려줍니다. 환자 또한 마찬가지입니다. 희망도 가지고, 의사에 대한 믿음도 가지지만, 최악의 상태를 생각하지 않을 수 없습니다. '이제 최악의 상태는 죽음일 텐데, 지금 죽어도 괜찮은가? 나는 정말 치열하게 살았나?'라고 자문하게 되더군요. 그리고 작가로 살아온 40여 년의 삶을 돌아보았습니다. 그렇게 안이하지는 않았다라는 생각이 들더군요. 지금쯤 떠나도 그렇게 억울할 것은 없었어요. 열심히 살았고, 독자들로부터 많은 사랑을 받았다는 생각이 들었습니다. 이것으로 족하다는 생각을 했습니다.

똣!

처음 만나는 사람과도 관계를 잘 맺고 마음을
열게 하는 사람이 부럽습니다. 다른 사람의 마
음을 손쉽게 얻는 방법이 있습니까?

이외수 생각을 내놓으면 생각을 얻고, 마음을 내놓으면 마음을 얻습니다. 그런데, 마음을 내놓으려면 생각과 마음을 구분할 수 있어야 합니다. "생각이 끊어진 자리에 도(道)가 있다"는 말이 있는데, 이건 생각이 끊어지면 마음이 드러난다는 뜻입니다.

하창수 마음과 생각을 구별하는 법은 《마음에서 마음으로》에서 흥부와 놀부의 비유를 통해 얘기해주셨죠. 복습하는 의미에서 다시 한 번 들려주시면? (웃음)

이외수 다리가 부러진 제비를 보고 아파하고 불쌍해하는 건 마음입니다. 하지만 흥부가 부자가 된 걸 보고 놀부가 "아, 나도 제비 다리를 분지르면 부자가 되겠군" 하는 건 생각이지요. 대상과 '나'가 합일되면 마음이고, 따로 놀면 생각입니다. "제 놈이 아프지 내가 아프냐?"라는 건 생각이 하는 것이고, "저 녀석이 아프니까 나도 아프네"라는 건 마음이 하는 거지요.

하창수 그렇다면 "나쁜 마음을 가졌다"라고 하는 게 아니라 "마음까지 가지 않았다"라고 하는 게 정확한 표현이겠군요.

이외수 그렇습니다. 타인의 마음을 얻으려면 자신의 마음부터 내놓아야 합니다. 자신의 마음을 보여줄 수 없으면 타인의 마음을 얻을 수가 없습니다. 생각으로는 생각밖에 못 얻습니다. 생각을 써서 마음을 얻을 수는 없죠.

뚝!

나는 그를 사랑합니다. 그런데 어느 날 그에게 다른 사람이 생겼다는 걸 알게 되었습니다. 그럼에도 불구하고 나는 여전히 그를 사랑합니다. 이제 어떻게 해야 하나요?

이외수 이거, 참… 헌 사랑이 가면 새 사랑이 옵니다. 사랑이란 게 양동이에 담긴 물이 아니거든요. 일정한 양이 있어서 쓰면 없어지는 게 아닙니다. 사랑은 계속 솟아나는 샘물과 같은 겁니다. 떠나가려는 사랑은 떠나보내고, 새로이 샘솟는 사랑을 받아들여야지요. 사랑에는 유통기한도 없고, 완전무결한 사랑이란 것도 없습니다. 물론 헤어진다는 것, 떠나보낸다는 것은 힘든 일임엔 분명합니다. 아픔을 견딜 용기와 상처를 치유할 시간이 필요하지요. 이때부터 시인이 되는 겁니다. 지금부터 시인이 되겠다, 하고 생각하는 겁니다.

똗!

Q
044

결혼, 해봐야 합니까?

이외수 해보십시오. 그러고 난 다음에는 질문이 달라집니다.

하창수 이런 얘기도 있습니다. "결혼은 판단력이 바닥났을 때 하는 것이고, 이혼은 참을성이 바닥났을 때 하는 것이고, 재혼은 기억력이 바닥났을 때 하는 것이다."

이외수 제가 주례를 설 때 자주 하는 얘기가 있어요. "전쟁에 나갈 때는 한 번 기도하고, 바다에 나갈 때는 두 번 기도하고, 결혼할 때는 세 번 기도하라."

하창수 선생님 말씀인가요?

이외수 러시아 속담이에요. 전쟁에 나갈 때 기도를 한 번만 해도 되는 건 좋은 무기와 유능한 지휘관만 있으면 전쟁에서 이길 수 있기 때문이죠. 바다에 나갈 땐, 능숙한 항해술과 좋은 배만 가진다고 되는 건 아니고 하늘이 도와줘야 돼요. 그래서 두 번의 기도가 필요하죠. 그런데 결혼은… 예측불허예요. 사실, 세 번의 기도로 되겠습니까? 서른 번도 모자라지 않겠어요?

뚝!

결혼은 하지만 아이는 낳고 싶지 않은 것, 엄마
가 아닌 그냥 여자로서 살고 싶은 것―이기적인
생각인가요?

이외수 감나무이긴 하지만 감은 열리게 하고 싶지 않다고 한다면, 좀 이기적인 생각이 아닐까요? 요즘 들어 아이를 키우는 데 많은 돈이 들어간다는 이유로 결혼은 하지만 아이는 낳지 않겠다는 사람들이 있는데, 저는 그 생각에 동의할 수 없습니다. 우리의 의식은 지금 지나치게 물질에 지배당하고 있습니다. 아이는 물질로 키우는 것이 아니라 사랑으로 키우는 겁니다. 사랑은 무적(無敵)이에요. 사랑에 대적할 만한 적은 없습니다. 아이를 키우는 데 두려움을 가져서는 안 됩니다. 아이는 제각기 자신의 몫을 갖고 태어난다는 말을 저는 신뢰합니다. 아이를 낳고 기르면서 생겨나는 사랑은 위대한 힘을 가집니다.

프랑스에 페르디낭 슈발(1836~1924)이란 사람이 살았어요. 우편배달부였던 그에게 딸아이가 생기면서 생명의 경이로움을 느끼게 됩니다. 어느 날 그는 아이를 위해 성을 짓겠다는 생각을 품게 되는데, 그때부터 일과를 마치고 집으로 돌아올 때면 빈 가방에다 사금파리나 돌 같은 걸 채워 와서는 그걸로 성을 쌓기 시작했어요. 건축에 대해선 아는 게 없었던 슈발은 수없이 허물어지기를 반복한 끝에 드디어 성을 완성하게 됩니다. 33년의 세월이 지난 뒤였죠. 지금은 수많은 관광객이 찾는 명소가 되어 있습니다. 사랑은 불가능을 가능으로 바꾸는 힘을 가지고 있습니다. 슈발에게 딸아이가 없었다면, '꿈의 궁전'도 없었겠죠.

똑!

Q
046

사랑을 위해 거짓말을 하는 건 용서가 될까요?

이외수 이건 거짓말을 한 사람이 판단할 일이 아니라, 그 거짓말을 들은 사람이 판단할 일입니다. 아무리 "사랑을 위해 거짓말을 한 것이다"고 변명해도 그 말을 들은 사람이 용서해주지 않는다면 그대로 받아들여야 합니다. 용서를 구할 수는 있어도 용서의 주체가 될 수는 없죠. 우리는 흔히 '선의의 거짓말'이라는 말을 하는데, 내가 아무리 선의라고 하더라도 듣는 사람이 피해를 받았다고 판단한다면 선의가 아닌 거지요.

똑!

사랑받고 싶습니다. 비법이 있을까요?

이외수 선인장이나 장미꽃처럼 날카로운 가시를 가지고 있으면서도 왜 자기를 깊이 끌어안아주지 않느냐고 화를 내는 분들이 있습니다. 그런 사람은 끌어안으면 안을수록 깊이 상처받고 피를 흘리게 됩니다. 일단 가시부터 거두시고 사랑을 갈구하시기를.

뚝!

Q
048

'나'는 어떤 사람인지 궁금합니다. 어떻게 판단
할 수 있을까요?

이외수 '잠자리'라는 단어를 보고 생각해보지요. 자, 뭐가 생각납니까? 곤충이 떠오르면 아직 동심을 잃지 않은 사람입니다. 침대가 떠오르면 좀 엉큼한 사람입니다. 물론 백퍼센트 맞는 것은 아니지만요. '나'의 인생은 '내'가 감독이고, 작가이고, 주연입니다. 가능하면 '나'의 단점에는 신경 쓰지 마십시오. 장점을 키우는 일에 최대한 주력하십시오. 장점이 커지면 단점은 저절로 사라집니다.

똑!

Q
049

사람들 앞에만 서면 다리가 후들거립니다. 떨지
않을 방법이 있을까요?

이외수 소심하거나 자신감이 떨어졌을 때, 자기 존재감에 대해 열등의식을 가지고 있을 때 이런 현상들이 나타납니다. 이걸 고쳐야 할 병이라고 생각한다면, 치료법을 알려드리겠습니다. 산꼭대기에 올라가십시오. 그리고 거기서 웅변을 해보십시오. 원고를 써가지고 해도 좋습니다. 저도 옛날에 해본 일입니다. 치료를 확신합니다. 산 정상에 서면 천하를 내려다보게 되는데, 천하가 내 말을 듣게 되는 거죠. 자신이 주장하는 걸 만천하가 듣는다고 생각하면 기분이 아주 좋아지죠. 이걸 되풀이하게 되면, 사람들 앞에서도 떨지 않게 됩니다.

뚝!

Q
050

사람들이 모두 심각한 상태에 놓여 있는데, 문
득 그 심각한 표정들이 우스꽝스러워서 그
만 웃음이 터지고 말았습니다. 사람들이 일제
히 나를 향해 따가운 눈총을 쏘아댑니다. 미안
한 마음이 들긴 했지만 "내가 그렇게 잘못한 건
가?"라는 의문이 불쑥 들었습니다. 나의 태도
는 잘못된 건가요?

이외수 눈치가 좀 없네요.

하창수 중대한 사안을 논의하거나 중요한 생각을 하는 사람들은 대게 심각한 표정을 짓게 마련입니다. 하지만 옆에서 그 모습을 지켜보는 사람은 그다지 중대한 사안이 아니라는 생각이 들 경우, 그들의 진지한 모습이 오히려 우스꽝스럽게 보일 수도 있습니다. 그럴 땐 정말 눈치도 없이 혼자 킥킥거릴 수도 있지 않을까 싶거든요.

이외수 조화가 곧 미덕입니다. 분위기 좀 맞춰줘야죠.

하창수 (웃음) 같이 심각한 척해줘야 한다는 말씀이군요.

이외수 반대의 경우도 있습니다. 가령, 다들 재밌게 놀고 있는데 언제 갔는지 모르게 슬쩍 자리에서 사라지는 사람들이 있어요. 눈치가 있는 사람들이죠. 분위기 깨지 않고 슬그머니 빠져주는 센스를 가진 사람이죠. 다들 잘 노는데, "나 갈게, 다음에 봐" 그러면서 일일이 악수하고, 손 흔들고, 그러면 분위기 다 깨집니다. 조화를 위해서는 분위기를 맞춰주는 미덕도 좀 필요합니다.

뚝!

절친한 친구로부터 가슴이 철렁 내려앉는 취중진담을 들었습니다. 그동안 한 번도 들어보지 못한 불만을 들으면서 마음에 큰 상처를 입었습니다. 술 때문이라고 애써 위안했지만 생각하면 할수록 진짜 속마음인 것 같다는 생각이 듭니다. 하지만 다음 날 친구는 예전과 다름없이 살갑게 대합니다. 친구의 태도에서는 전혀 위선을 느낄 수 없습니다. 그럼에도 불구하고 친구가 취중에 한 말이 잊혀지지 않습니다. 취중진담, 어떻게 받아들여야 할까요?

이외수 취중에 하는 말을 모두 진담이라고 생각할 필요는 없어요. 술의 힘을 빌어서 그동안 하지 못했던 말을 할 수는 있겠죠. 하지만 그 말이 진심이라고 하기는 힘들어요. 술에 취한 사람들은 공통적으로 "난 안 취했어"라고 말하잖습니까. 이 말부터 사실이 아니죠. 취중진담에 연연하는 건 기분에 따라 뱉어진 말에 휩쓸리는 겁니다. 술은 무장해제를 시킨다고들 말하지만, 무장을 하도록 만들기도 합니다. 취해서 무기를 마구 휘두르는 사람을 정식으로 상대하는 건 어리석은 일이죠. 그 사람을 상대하다가 상처를 입었다면 그건 그 사람이 입힌 게 아니라 상처를 자초한 것과 마찬가지입니다.

뚝!

Q
052

"아빠가 좋으세요, 엄마가 좋으세요?" 이 질문
을 받는다면 어떻게 대답하겠습니까?

이외수 삼촌이 좋아요! 창조적인 아이들은 "엄빠"라고 대답할 겁니다. 중학생쯤 되면 "용돈 많이 주는 쪽"을 택할 거고, 좀 더 나이가 들면 희죽희죽 웃으면서 이럴지도 모릅니다. "둘 다 싫어요." 아빠가 좋으냐 엄마가 좋으냐는 건, 선택을 강요하는, 교육적으로 아주 나쁜 질문입니다.

똣!

병원의 실수로 아이가 바뀐 채 십 년이란 세월
이 지나버린 두 가정이 있습니다. 뒤늦게 아이
들이 바뀌었다는 사실을 통보받은 A부부와
B부부는 완전히 다른 생각을 가지고 있습니다.
A부부는 아이를 원래의 부모에게 돌려보내는
건 비록 피가 섞이진 않았지만 십 년이나 키운
자식을 버리는 거나 마찬가지기 때문에 아이를
계속 키우겠다고 합니다. B부부는 비록 애지중
지 키우기는 했지만 자신들이 낳은 자식이 엄연
히 따로 있다는 사실을 알고도 그 아이를 데려
다 키우지 않는 건 부모의 도리가 아니니 원래
의 아이를 데려다 키우겠다고 합니다. 이 문제
를 어떻게 풀면 좋을까요?

이외수 실제로 이런 일이 벌어진 걸 신문 기사에서도 읽은 것 같습니다. 꽤 난감한 일일 수 있지만, 의외로 간단한 문제일 수도 있습니다. 관건은 사랑입니다. "낳은 정이 중요한가, 기른 정이 중요한가" 중에 택일하는 건 이 경우에 사랑에 근거했다고 볼 수 없습니다. 사랑에 근거한다면 둘 중에 하나를 택하는 것은 참으로 가혹한 행위가 됩니다. 이제 A부부와 B부부에게는 두 명의 자식이 생긴 겁니다. 어디서 어떤 방식으로 키울 것인가는 "혼란을 야기시키지 않는 범위"에서 얼마든 합의될 수 있는 문제이고, 사랑을 줄 대상이 한 명 더 늘어났다는 사실을 기쁨으로 받아들이면 이 문제는 불행이 아니라 축복이 됩니다.

똑!

가까이 지내는 후배가 아이에게 "밖에 나가서
절대 맞고 오지 마. 누가 때리면 너도 똑같이 갚
아줘"라고 말하는 걸 보고 심하게 힐난한 적이
있습니다. 저는 어떤 일이 있어도 폭력을 행사
해서는 안 된다고 생각하는 사람입니다. 그런
데 어느 날 얼굴에 상처를 입고 돌아온 제 아이
를 보고 자초지종을 물었더니 잘못한 것도 없
는데 친구에게 얻어맞았다는 거였습니다. 저는
"왜 가만히 있었어? 너도 맞붙어 싸웠어야지"
라는 말이 목구멍까지 올라오는 것을 참았습
니다. 무엇이 옳습니까? 어떤 경우에도 폭력을
사용해선 안 됩니까, 아니면 부당한 폭력을 막
기 위해선 어쩔 수 없이 폭력으로 맞서야 하는
겁니까?

이외수 상당히 어려운 문제입니다. 학교 교육 이전에 가정에서 이루어지는 밥상머리 교육이 예전에 비해 턱없이 부족해서 벌어지는 문제라고 생각합니다. 일찍이 가정에서 "폭력은 잘못된 것이다, 남을 때리면 안 된다"라는 것을 대다수의 아이들이 배웠다면 "맞는 것이 바보다, 너도 때려라"라는 소리를 할 필요가 없어집니다. 밥상머리 교육은 포기한 채 모든 교육을 학교에다 맡겨버린 가정이 늘어나면서 학교폭력도 더욱 빈번해지고 폭력의 강도도 높아지지 않았나 생각됩니다.

어릴 때부터 이런 교육이 가정에서 이루어지지 않으면 학교가 할 수 있는 교육은 한계가 있습니다. 때를 놓쳐버린 것이지요. 더구나 학교에서도 교육의 기회가 없어지면, 아이들은 감정에 의존하거나 물리력에 의존한 방식으로 표출될 수밖에 없고요. 자기네들끼리 그런 풍조가 만들어질 수 있습니다. 물질보다 인간을 중시하는 가치관으로 가정과 학교에서 교육이 바로 서고 행복을 경험하게 될 때 폭력은 뿌리를 잃게 될 것입니다.

맞은 만큼 똑같이 때리라고 가르치면, 그 다음은 폭력이 폭력을 부르게 됩니다. 폭력은 가속도를 가집니다. 그렇게 되면 어떤 경우에도 옳은 것은 아니지요. 폭력은 그것이 일어났을 때 종식시켜야 합니다. 딱 한 번으로 끝나도록 해야 합니다.

그리고 어디까지 폭력으로 볼 것이냐도 중요한 문제입니다. 예를 들면, 사랑의 매도 있지만 감정의 매도 있는데, 이건 어떻게 볼 것인가, 교화도 '교화의 폭력'일 때가 있지만, 애정이 담긴 매를 무조건 나쁘다고 할 수 있을지, 무엇보다 폭력을 써서 안 된다고 하는 목적이 무엇인지를 생각해봐야겠습니다. 누구나 불안해하지 않고 행복하고 안전한 삶을 살기 위해서 폭력을 없애고 근절하려고 하는 거 아니겠습니까? 폭력을 쓰는 사람과 조직에게는 반드시 거기에 상응하는 벌이 주어져야 하고, 불이익을 받도록 해야 합니다.

그런데 학교폭력 문제뿐만 아니라, 기업에서도, 심지어 정치판에서도 폭력배의 이름이 등장합니다. 용역이 폭력배잖아요. 말이 좋아 용역이지, 이런 사람들이 동원되는 것은 상식과 도덕을 상실해 버려서 일어나는 현상입니다. 양심이나 상식, 도덕을 회복하려면 교육이 앞장서야 합니다. 특히 어릴 때부터 가정에서 이루어져야 합니다.

하창수 《마음에서 마음으로》에서 "오른쪽 뺨을 맞으면 어떻게 하겠습니까?"라고 질문을 던졌을 때는…

이외수 "양쪽 따귀를 갈기겠다"고 했지요.

하창수 태도의 변화로 받아들여도 될까요?

이외수 폭력에 대해 폭력으로 맞설 수밖에 없는 상황이 분명 있습니다. 폭력이 불가피한 경우입니다. 상대편의 폭력을 피할 수 없는 경우에는 내가 폭력을 써서 퇴치할 수밖에 없는데, 그럴 때는 하늘의 뜻을 대신해야죠. 네 폭력이 나쁘기 때문에 그걸 고치기 위해서.

하창수 그때는 폭력이 아니라 자비라고 해야겠군요.

똑!

Q

055

P는 우수한 성적으로 학교를 졸업했지만 취직
시험에서 낙방했습니다. 그런데 P보다 한참이
나 낮은 성적을 가진 친구가 같은 회사에 합격
했다는 얘기를 듣고 너무도 놀랐습니다. 아무
리 생각해봐도 이런 일이 일어날 수 있는 이유
는 딱 한 가지, 외모밖에 없다고 P는 확신합니
다. 그래서 성형수술만이 자신의 실력을 제대
로 인정받고 장래를 위해 선택할 수밖에 없는
유일한 길인 것 같습니다. 성형수술 해야 할까
요?

이외수 아름다운 외모와 좋은 인상이 꼭 일치한다고 볼 수는 없습니다. 얼굴이 잘생긴 것도 아니고 몸매가 좋은 것도 아닌데 남에게 좋은 인상을 주는 사람은 그 마음이 밖으로 드러나기 때문입니다. 마음씨가 착하고 매사에 성실하며 몸가짐이 바른 사람이 얼굴이 예쁘지 않다는 이유만으로 호감을 얻지 못한다면 그건 그녀(그)를 보는 사람의 눈이 엉망이기 때문에 전혀 실망할 필요가 없습니다. 그런 사람이 면접 담당관인 회사에는 차라리 입사하지 않는 게 낫습니다.

얼굴이 잘생겼는가, 몸매가 예쁜가, 키가 얼마인가, 부모가 무얼 하는가 따위가 인성보다 더 중요한 조건이 되는 회사는 거들떠보지도 말라고 말하고 싶어요. 매력은 성형에 의해 생겨나는 게 아닙니다. 그 사람의 내면에서 우러나옵니다. 좋은 성격과 마음은 평생을 갑니다. 결혼에서도 마찬가집니다. 아무리 예쁜 얼굴이라도 3개월, 길어봐야 3년이면 끝입니다. 미인과 살아봐서 하는 말입니다. (웃음)

하창수 좋은 인상, 남들을 사로잡을 만한 매력을 가질 수 있는 방법을 알려주신다면?

이외수 듣기 좋은 콧노래도 한두 번이란 말이 있지요. 아무리 좋은 것도 오감을 통해 감각되는 것은 쉽게 싫증 나기 마련입니다. 싫증을 느끼지 않게 하는 건 마음뿐입니다. 성형을 해야 하는 건 내면입니다. 내면 성형엔 많은 돈이 들지도 않아요. 통증도 부작용도 없어요. 책을 많이 읽어 내적인 소양을 갖추게 되면 매력이 절로 드러납니다. 무조건 성형을 반대하는 것은 아니고요. 사랑을 받기 위해, 사랑을 주기 위해, 성형을 하겠다는 것은 이해합니다. 하지만 외모보다는 유통기한이 오래 가는 내면 성형 쪽을 권유하고 싶네요.

뚝!

Q
056

안타까운 일이지만 살면 살수록 "인생은 전쟁"
이라는 말에 공감하게 됩니다. 우리는 더 나은
자리를 차지하기 위해, 성공이란 걸 하기 위해,
누군가를 쓰러뜨리고 밟고 올라서지 않으면
안 되는 걸까요? 타인과의 경쟁은 피할 수 없
는 걸까요?

이외수 저는 아이들에게 "경쟁하지 말라"고 가르쳤습니다. 아이들이 반발하더군요. "아버지가 가르치는 대로 하면 경쟁에 낙오되지 않겠습니까? 그러니 아버지가 가르치는 대로 따를 수 없을 것 같습니다." 그래서 제가 이렇게 말해줬습니다. "경쟁하지 말고, 심판을 봐."

정글의 법칙이니 생존경쟁, 약육강식 같은 말은 동물계에서 하는 얘깁니다. 강한 것이 약한 것을 잡아먹는 건 하등한 동물의 양태입니다. 우리는 인간입니다. 인생이 전쟁이라는 말을 입에 올리는 건 스스로를 하등한 동물세계의 존재로 추락시키는 일입니다. 꼭 전쟁을 해야겠다면, 조화와 아름다움을 위해 싸우십시오.

뚝!

Q
057

L은 여러 차례 에베레스트 원정을 다녀온 전문 산악인입니다. 틈날 때마다 산을 통해 호연지기(浩然之氣)를 키워온 그는 든든한 배짱과 배포를 가지고 싶은 젊은이라면 산에 오르라고 조언합니다. 하지만 그는 주변 사람들에게 자판기 커피 한 잔 사준 적 없는 구두쇠에, 어쩌다 동네 가게에서 급하게 장을 보는 아내에게는 왜 비싼 데서 장을 보느냐고 화를 내며 따집니다. 그의 호연지기, 배짱, 배포는 왜 산을 내려오면 사라져버리는 걸까요?

이외수 동네에는 산이 없잖아요.

하창수 (웃음) 등산의류점은 있죠.

이외수 산에서만 호연지기를 배우고 내려올 땐 반납해버리는 사람이군요. 자연에서 얻은 것은 자연에다 원위치시키는, 아주 정직한 사람이네요. 여행을 하는 건 뭔가를 얻기 위해서이기도 하지만 버리기 위해서이기도 합니다. 이 분은 얻지도 못하고 버리지도 못하고 그냥 산에 올라갔을 뿐이고 그대로 원위치했네요. 산에서 호연지기를 얻기는 했지만 자신의 '옹졸함'을 내려놓는 데는 실패하지 않았나 싶네요. 이때 호연지기를 얻었다는 건 그의 착각일 수도 있습니다. 그러나 실제로 제가 만나본 산악인들한테서는 호연지기를 느낍니다. 호쾌하면서도 용의주도하고, 섣부르지 않고 진중하고요. 이런 것을 그분들에게서 느꼈습니다.
산이 거룩한 건 높아서도 아니고, 웅장해서도 아닙니다. 자신의 살과 뼈를 깎아서 다른 생명들을 키우는 데 내어주고 점점 낮아질 줄 알기 때문에 산이 위대한 것입니다. 나이 든 산일수록 능선이 부드럽고 성정이 순하고 많은 생명들이 어울려 살아갈 수 있습니다. 그러나 너무 맑은 물에서는 물고기가 살지 못하듯이, 너무 높은 산에도 풀 한 포기 자라지 못합니다. 성격이 강팍하고 기운 센 산일수록 생명체가 살기 힘들어요. 그래서 최고의 명당은 사실 평지입니다.

하창수 에베레스트 같은 산은 높은 산이지만 좋은 산은 못 되는군요.

이외수 좋은 산, 덕스러운 산은 아니지요. 생명을 품는 산이 좋은 산이지요.

뚝!

Q
058

J는 자신이 가진 가치관과 직장의 가치관, 정확히는 CEO의 가치관과 정반대라는 사실을 확인하고 고민에 빠졌습니다. J는 창의력이 진작되면 업무의 능률이 오른다고 생각하고, 가능하면 부하 직원들에게 자율적인 분위기를 만들어주고 싶습니다. 하지만 CEO의 생각은 다릅니다. 그는 철저한 감독과 관리가 업무 능률을 높인다고 확신합니다. 최근 J는 간부회의에서 CEO의 생각과 다른 견해를 내놓았다가 심한 질책을 받았습니다. 이런 식으로 가치관의 충돌이 계속된다면 퇴사를 할 생각까지 하고 있지만 요즘 같은 불경기에 새로운 직장을 얻는 게 쉽지 않을 거란 생각이 들 때마다 J는 주춤거립니다. 어떻게 해야 할까요?

이외수 회사의 가치관에 맞게 수정해야 합니다. 조직의 일원이기 때문입니다. 중요한 것은 조화입니다. 아무리 좋은 생각이라도 회사의 존립과 운영을 위한 조화의 방향으로 수정이 필요합니다. 전적으로 자신의 생각을 부정하거나 부인하라는 얘기가 아닙니다. 전면 수정이 아니라 일부 수정입니다. "내 생각이 옳아"라는 확신이 지나치면 오히려 그 옳은 생각을 관철시키는 데 방해가 될 수 있습니다. 기다림과 설득이라는 지혜를 발휘해야 합니다. 조화는 나를 양보하지 않고는 결코 이루어지지 않습니다.

사실, 개인의 삶에도 이런 인식이 필요합니다. 자신의 인생을 넓게 펼쳐놓고 전체적으로 조화로운 삶을 구성해야 하는 거죠. 나를 누르고 양보하고 기다리고 인내하는 습성을 길러야 합니다. 이 습성이 전체적으로는 조화를 이루어내고, 개별적으로는 근심과 걱정을 줄여줍니다.

똑!

Q
059

조직의 비리를 파헤치는 데 내부고발자가 결정
적인 역할을 할 때가 많습니다. 하지만 조직 내
의 입장에서 보면 내부고발자는 배신자이고,
조직을 일거에 무너뜨리는 균열자입니다. 실제
로, 내부고발자 역시 이 점을 고민하게 됩니다.
자신의 행위가 사회적으로 정의로울 수 있어도
"그동안 입에 풀칠하게 해준 조직과 그 사람들
을 배신하는 것이 아닌가?" 하는 두려움과 죄
책감이 생기는 거죠. 내부고발자는 조직의 배
신자일까요?

이외수 만약 내부고발자의 고발이 옳은 것이라면 그 조직은 사회를 배신한 겁니다. 이때 내부고발자는 보호받아야 하고, 그 조직은 와해되어야 합당합니다. 이 상황은 내부고발자가 조직을 배반한 것이 아니라, 조직이 사회를 배반하고 인간을 배반한 것이죠. 내부고발자를 배신자라고 몰아세우는 조직은 도둑이 제 발 저린 것과 같습니다. 그리고 내부고발자로 하여금 두려움을 가지게 만드는 사회는 결코 건전한 사회라고 할 수 없습니다. 내부고발자는 보호되어야 하고, 조직은 '반성의 기회'로 삼아야 합니다.

사실, 내부고발은 시스템 안에서 조직원이 할 수 있는 최후의 선택입니다. 소통과 견제의 시스템이 잘 확립되어 있어서 조직에 대한 비판이 내부에서 견실하게 이루어진다면, 굳이 내부고발을 통해 조직의 비리나 부패가 외부에 알려지는 일은 일어나지 않을 겁니다.

뚝!

Q

060

화가 빈센트 반 고흐는 생전에 딱 한 점만 돈을
받고 그림을 팔았다고 알려져 있습니다. 이런
일화는 "예술의 진가는 작가의 사후에 비로소
나타난다"는 통념을 만들어냈습니다. 이처럼
예술가들의 작업에 대해 생전과 사후의 평가가
일치하지 않는 것은 왜 그럴까요?

이외수 생전에도 각광을 받고 죽은 뒤에도 명성을 누린 예술가들도 많이 있습니다. 고흐처럼 사후에서야 비로소 진가를 인정받는 예술가들은 시대를 앞서 갔기 때문입니다. 부드러운 선과 색이 중시되는 시대에 강렬한 터치와 빛을 그려낸다면 싸늘한 냉대에 시달리겠죠. 사실적 묘사가 인기를 끌 때 내면의 의식을 화폭에 담아낸다면 쉽게 받아들여지지 않을 겁니다. 창조 행위를 소명으로 생각하는 예술가에게 시대를 앞서간다는 건 당연한 일이면서도 일종의 도박과 같습니다. 결국 시간을 견디는 수밖에 없습니다. 그러고 나서 예술의 흐름은 바뀌게 됩니다.

하창수 생전에 큰 주목을 받지만 사후엔 잊혀지는 것과 생전에는 외면받다가 사후에 명성을 얻는 것, 어떤 걸 택하겠습니까?

이외수 긴 쪽을 택해야죠.

하창수 긴 쪽이라면?

이외수 작품의 생명이 긴 쪽이죠. 사후가 훨씬 길지 않을까요? 죽고 난 다음이면 더 이상 작품이 나오질 못하니까, 희귀성도 더 올라갈 테고 예술성도 더 높아질 테고요. (웃음)

똑!

영화는 한 편을 다 보는 데 두 시간 남짓 걸립니다. 장편소설은 다 읽는 데 몇 배나 더 긴 시간이 필요합니다. 좋은 영화에서 얻을 수 있는 감동과 좋은 소설에서 얻는 감동에는 얼핏 큰 차이가 없어 보입니다. 그렇다면 '좋은 영화'를 보는 게 '좋은 소설'을 읽는 것보다 훨씬 경제적이라는 결론이 나오게 됩니다. '문학'이 사람들로부터 점점 외면받고 있는 것은 어쩌면 이런 이유 때문인지도 모릅니다. 영화가 문학을 대신할 수 있을까요?

이외수 없습니다.

하창수 단언하는 이유가 무엇입니까?

이외수 우선, 소설은 읽으면서 감상자가 작품에 참여할 수 있습니다. 작중인물은 읽는 사람의 생각에 따라 창조되고 달라집니다. 영화는 화면에 보이는 것 이상으로 나갈 수가 없죠. 소설이 가지는 자유롭고 무한한 상상을 영화가 대신할 수 없습니다. 영화는 눈에 보이는 것이기 때문에 그 이상도 그 이하도 어렵습니다. 보이는 그대로 보게 되죠. 사람들은 보이는 것에 굉장한 신뢰를 가집니다.

그래서 소설을 원작으로 영화화했을 때, 소설을 먼저 읽은 사람은 영화를 보면 대개는 실망합니다. 원작을 읽을 때 자유롭게 상상했던 것이 화면에서는 현실적으로 제한되기 때문이죠. 영화 연출가의 상상력이나 해석력이 부족해서가 아니라 장르 속성의 차이 때문입니다. 영화는 결코 문학을 대신할 수 없습니다.

뚝!

Q
062

내일을 위해 오늘은 참아야만 합니까?

이외수 결론부터 얘기하자면, 참아야 합니다. 제가 '존버 정신'의 창시자 아닙니까? (웃음) 아이들은 아픔을 겪고 나면 새로운 재주가 하나씩 생겨나죠. 어려움이 닥친다는 건 지혜를 찾게 되는 기회가 됩니다. 어려움을 헤쳐 나가는 방법을 모색하게 되니까요. 생로병사(生老病死), 희로애락(喜怒哀樂) — 우리는 어떤 것도 골라 먹을 수 없습니다. 부처님도 "인생은 고(苦)"라고 하질 않았습니까. 못 먹어도 고죠. 그런데 딱 하나, 참지 말아야 할 게 있습니다. 불의(不義)한 것을 보았을 때입니다. 불의한 것, 부패한 것, 부정한 것을 보고도 참아버리면 불의와 부패와 부정이 번성하기 때문입니다.

뚝!

Q

063

"에라, 상황에 맞게 적당히 비위 맞춰가며 사는 게 속 편하지!"와 "인생 뭐 있어? 내 마음 가는 대로 살 거야!"—두 가지 가운데 어떤 쪽을 선택해야 할지를 두고 고민에 빠집니다. 어느 쪽이 더 행복하게 사는 걸까요? 하나를 골라주신다면?

이외수 뒤를 생각해보세요. 보이는 것만 말고 안 보이는 것도 생각해보고요. 과거의 연장이 현재가 되고, 현재의 연장이 미래가 됩니다. 미래가 좀 더 나아지려면 어떤 결정이 필요한지를 고려해야 합니다. 당장 편한 것, 당장 기쁜 것은 미래를 불편하고 고통스럽게 만들 수 있습니다. 바둑처럼 무궁한 수를 내다볼 순 없더라도, 오목처럼 다섯 수 정도는 내다볼 수 있어야 합니다. 질문 안에는 '마음 가는 대로'라고 했지만 사실 그건 '기분 내키는 대로'죠. 기분에 좌우되는 건 그릇된 선택을 할 소지가 있습니다.

그렇다고 비굴하지는 마십시오. 질서, 도덕, 상식, 원칙을 지키며 사는 것이 가치 있는 삶입니다. 이런 걸 팽개쳐버리고 비위를 맞추며 사는 건 당연히 하지 말아야 합니다.

뚝!

Q

064

인생에서 놓치지 말고 반드시 간직해야 할 것이
있다면?

이외수 인생에는 리모컨이 없습니다. 다른 채널로 이동할 버튼도 없고 멈춤 버튼이나 나가기 버튼도 없습니다. 우리의 의사와 상관없이 플레이는 계속됩니다. 생로병사, 희로애락—오는 대로 끌어안고 가는 수밖에 없습니다. 그 중에서 사랑은 절대 놓치지 말아야 합니다.

뚝!

Q 065 신비하고 이상한 이야기를 어떻게 받아들여야 할까요?

하창수 〈이상한 나라의 앨리스〉는 여느 소설과는 달리 신비주의적인 요소가 아주 많은 작품입니다. 저자인 루이스 캐럴은 수학자이기도 했죠. 그런데 의외로 많은 사람들이 이 작품을 그저 상상력이 풍부한 소녀의 다소 황당한 이야기 정도로 받아들입니다.

이외수 신비라는 건 그걸 부정하는 사람들에게는 보이지도 느껴지지도 않습니다. 신비로운 체험을 부정해버리면 그런 현상이 나타나지도 않고, 실제 일어난다 해도 인식하지도 못하죠. 만약 뭔가 신비로운 걸 느꼈다면 거기에 대해 더 면밀히 살피게 되고, 마침내 그 뭔가의 본질을 발견하게 됩니다. 〈이상한 나라의 앨리스〉가 암시하고 있는 게 바로 그것입니다.

인간이 거부하면 자연도 그것을 드러내려 하지 않습니다. 하지만 이런 건 증명할 수 있는 게 아니죠. 증명이 되지 않으니까 쉽게 부정되어버리죠. 하지만 이걸 부정하는 쪽에서도 부정의 근거를 댈 수가 없어요. 일종의 악순환입니다. 지금 우리는 의식이 점프하는 과정에 있다고 볼 수 있습니다. 지구 자체가 갖고 있는 의식이 진화에 맞추어서 움직여가고 있어요. 그리고 지구상의 모든 생물들이 이 의식에 맞추어서 진화가 이루어지고 있습니다. 앞으로 점점 속도가 빨라질 겁니다.

Q 066 왕비의 거울이 모두의 행복을 위해서 거짓말을 했다면, 비극을 막을 수 있지 않았을까요?

하창수 백설공주를 질투한 왕비는 거울에게 "세상에서 가장 아름다운 이가 누구냐?" 하고 묻습니다. 어릴 때 이 장면을 보면서 "거울이 거짓말을 해주면 안 될까?"라는 엉뚱한 상상을 했었는데, 있는 그대로를 비추는 거울의 운명을 생각하면 섬뜩하기까지 합니다.

이외수 거울이 선의의 거짓말을 할 수 있었다면 비극을 막을 수 있었겠죠. 아니면 융통성을 발휘해서 "왕비님은 연령대에 비해 동안이십니다"라고 했다면. 어쨌든, 왕비가 거울에게 물었다는 건 백설공주를 제거하기 위한 명분을 구하려는 걸로 봐야 합니다. 자신이 백설공주보다 아름답지 않다는 걸 누구보다 잘 아는 왕비가 그렇게 할 때는 칼을 뽑았다는 거죠.

하창수 거울은 많은 소설에서 단골로 등장하는 소도구라고 할 수 있죠. 〈해리포터〉 시리즈에도 '진실을 알려주는 존재'로 거울이 등장하고요.

이외수 거울은 소설만이 아니라 시에서도 중요한 역할을 합니다. 미당 서정주 선생은 "돌아와 거울 앞에 선, 내 누님 같은 꽃이여"라고 국화를 노래했었죠. "거울 속에는 소리가 없소, 저렇게까지 조용한 세상은 참 없을 것이오"라는 이상의 시도 생각나네요. 시성(詩聖)으로 일컬어지는 당나라 시인 두보의 시들은 당시의 시대와 사회를 명징하게 비추는 거울이라고 예찬되었죠. 그러고 보면, 왕비의 거울도 거울인데 거짓말을 할 수는 없겠네요. (웃음)

하창수 마지막에 왕비가 불에 달군 쇠로 된 신발을 신고 죽을 때까지 춤을 추는 장면이 나오는데요, 동화로는 좀 끔찍한 결말이 아닌가 싶습니다. 권선징악이라는 측면에서 보면 이해가 가지만요.

이외수 독자들의 마음을 따뜻하게 해주는 감동적인 결말이었으면 좋겠죠. 그런 점에서 보자면 왕비에게 내리는 벌도 좀 인간적이었다면 더 좋았을 것 같네요. 가령, 한 달 안에 책을 백 권쯤 읽게 한다거나, 퀴즈를 내서 못 맞히면 또 읽게 한다거나 말이죠. (웃음)

신데렐라

Q 067 신데렐라는 왜 걷기에도 불편한 유리구두를 신어야 했을까요?

하창수 신데렐라 이야기에서는 12시, 즉 자정이란 시간이 중요한 역할을 합니다. 무슨 의미일까요?

이외수 동양사상으로부터 영향을 받은 걸까요? (웃음) 12시는 음양 (陰陽) 중에서 음의 기운이 시작되는 시간입니다. 가령, 귀신은 자정 전에는 나타나지 않고 자정 이후에 나타나죠.

하창수 신데렐라가 신고 있다가 잃어버리는 유리구두는 무엇을 상징하는 걸까요? 실제로 유리로 된 구두는 탄력성이 없어서 몹시 불편할 텐데요.

이외수 신발로서의 용도보다는 유리라는 물질이 가진 투명성에 초점이 맞추어져 있지 않을까요?

하창수 그러고 보니 니체의 《차라투스트라는 이렇게 말했다》에 나오는 '유리장갑'이 생각납니다. 지식인들은 유리장갑을 끼고 뜨거운 것을 만진다고 니체는 말하고 있는데, 남들 눈에는 뜨거운 걸 맨손으로 만지는 것처럼 보인다는 거죠.

이외수 실제로 유리는, 다른 물질과는 달리 안과 뒤를 볼 수 있도록 한다는 점에서 그 자체로 신비로움을 가지고 있습니다. 유리는 분명 차단막이지만 소통을 완전히 차단하지는 않는 묘한 물질이죠. 유리 안의 존재, 유리 너머의 존재에게는 일종의 권위가 확보됩니다. 가령, 유리로 된 뮤직박스 안에 있는 DJ가 신비로운 존재처럼 보이는 것도 그런 거라고 할 수 있습니다. '창밖의 여자'라는 노래도 있죠. 보이긴 하지만 만질 수 없는 존재. 유리구두도 이런 식으로 기능하지 않을까 싶군요. 왠지 보통사람의 발에는 맞을 것 같지 않은 신발. 신비롭죠.

잠자는
숲속의
공주

이외수의 고전 옆차기 #8

|

Q 068 백 년 동안이나 잠을 잔 공주와 이십대의 왕자는 나이 차이를
어떻게 극복했을까요?

하창수 동화 속의 잠이 든 공주는 백 년 뒤에 깨어납니다. 왕자의 키스에 의해서죠.
공주가 깨어났을 때 두 사람은 사랑에 빠집니다. 백 년 연상연하 커플인데, 문제가
좀 있지 않을까요?

이외수 백 년이나 연상녀란 사실을 왕자가 미처 깨닫지 못했군요.
알았다면 키스하려다 관뒀을지도… (웃음) 동화 속의 주인공들은
수많은 어린이들로부터 무한한 사랑을 받아왔으니 십 년에 한 살
씩 먹는다고 봐줘야 합니다. 그러니까 잠자는 숲속의 오로라 공주
도, 라푼젤도 아직 이십대죠.

진짜와 가짜

3

선과 악은 한 자리에서 나온다.

Q

069

근래에 너무도 많은 사건과 사고로 사람들의
피로도가 상당히 높아졌습니다. 정신의 피로를
풀어줄 수 있는 한 말씀 부탁드립니다.

이외수 "누가 뭐라든, 당신이 최고입니다! 당신은 우주 유일의 존재입니다!"

뚝!

Q

070

착실하게 회사에 근무하고 있던 어느 날 갑자기 횡령 혐의로 회사로부터 고소를 당했습니다. 억울함을 호소하지만 이상하게도 회사는 제 말을 믿어주지 않습니다. 결국 저는 재판에 회부되었습니다. 증인들은 하나같이 위증을 합니다. 무죄의 증거들을 제출해보지만 증거로 채택되지 못합니다. 사면초가에 고립무원의 지경에 빠졌습니다. 어떻게 해야 합니까?

이외수 빨리 허벅지를 꼬집어서 꿈을 깨야죠. 이런 세상은 없다고 봅니다. 단 한 명이라도 양심을 가진 자가 존재한다고 생각해요. 이 정도로 철두철미하게 악으로만 가득 찬 세상은 존재할 수 없다고 확신합니다. 꿈에서나 가능한 일이죠. "그러니까 빨리 허벅지를 꼬집어서 깨도록 하십시오"라고 조언하고 싶습니다.

뚝!

눈에 보이는 것만 믿는 사람이 있습니다. 눈에 보이지 않아서 확인할 수 없는데 어떻게 믿을 수 있느냐고 말합니다. 오히려 허무맹랑한 술수에 넘어간 것이라고 걱정합니다. 고지식한 사람이긴 하지만 나름대로 합리적인 사람 아닐까요?

이외수 "마술을 사실로 믿느냐?"고 묻는다면 무슨 대답을 할까요? 눈에 보이는 것만으로 따지면 마술은 사실입니다. 하지만 마술이야말로 속임수입니다. 두 눈으로 똑똑히 본 것도 믿어선 안 되는 것이 있습니다. 잘못 볼 수도 있고요. 눈에 보이는 것만 중시하지 말고 눈에 보이지 않는 것도 중시하는 습관을 키우는 것이 좋습니다. 움직이는 것, 존재하는 것은 눈에 보이지만 그것을 움직이게 하는 것, 존재하게 하는 것은 눈으로 볼 수 없는 법이지요. 달은 눈에 보이지만, 달을 허공에 떠 있도록 만드는 건 볼 수가 없잖습니까?

뚝!

Q
072

과학은 보편적인 진리나 법칙의 발견을 목적으
로 합니다. 주관성과 복잡성, 개별적 경험과 우
연이 근간을 이루는 인간의 삶에 과연 과학이
반드시 필요한 걸까요?

이외수 과학에게도 물어보고 싶군요. "너는 인간이 필요하니?" 아마도 과학은 모든 존재를 필요로 할 겁니다. 인간에게 또한 과학은 불가분 필요합니다. 과학을 불필요하다고 생각하는 사람들이 있을 수도 있어요. 과학의 발달로 인해 생기는 부작용이 만만치가 않으니까요. 하지만 태양으로 라면을 끓이지 못한다고 해서 그게 태양의 결점은 아니지요. 영국의 철학자 칼라일이 "태양으로는 담뱃불을 붙일 수 없다. 그렇다고 그게 태양의 결점은 아니지 않는가?"라고 했죠. 예술은 반드시 필요한가, 라고 물어도 마찬가지입니다. 예술이 밥을 주지 않을 수도 있지만, 그렇다고 그게 예술의 결점은 아니지 않나요?

뚝!

옛말에 "개같이 벌어서 정승같이 쓴다"는 속담
이 있습니다. 개같이 번 돈을 과연 정승같이 쓸
수 있을까요?

이외수 정승같이 벌 수는 없어도 정승같이 쓸 수는 있습니다. "개같이 번다"는 건 체면 따위 불구하고 번다는 얘기고, 정승같이 쓴다는 건 많은 사람들에게 덕과 복을 베풀며 자신이 번 돈을 쓴다는 것인데, 체면 불구하고 벌었어도 덕과 복을 베푸는 건 얼마든지 가능한 얘기지요. 사실 "개같이 번다"는 건 비인간적이고 법을 어겨가며 버는 것이 아니라, "천대를 받아가면서도 열심히 일해서 번다"는 뜻으로 해석하는 게 좋습니다. 전자는 그냥 '개같이'가 아니라 '미친개같이'라고 해야 옳죠.

하창수 '미친개같이' 비인간적으로 돈을 번 사람은 정승처럼 쓸 가능성이 떨어지겠군요.

이외수 확률이 좀 희박하죠. (웃음)

똑!

기도 덕분에 자식이 대학에 갔다거나, 기도 덕
분에 승진이 되었다거나, 기도 덕분에 병이 나
았다고 말하는 사람들이 있습니다. 이게 사실
이라면 아무리 기도를 해도 소망이 이루어지지
않는 사람들은 어떻게 된 겁니까? 신이 세상 모
든 사람들의 기도에 응답하지 않는 것은 무엇
때문일까요?

이외수 내가 하는 기도가 '나만을 위한 기도'가 아닌지, 스스로에게 물어볼 필요가 있습니다. 자기 자신만을 위한 기도는 많은 경우 진실에 닿지 않습니다. 신의 능력이 무한하다는 데 대해서는 의심할 바 없지만, 무한한 능력이 모든 것에 적용된다는 얘기는 아니지요.

하창수 "신이 기도에 대해 응답할 때, 그 응답을 신이 직접 하는 것일까?"라는 상상을 해봅니다. 신은 우리의 기도에 손수 응답하는 걸까요?

이외수 재밌는 생각인데, 속가(俗家)의 경우에 비춰보면 신께서 직접 응답할 사안이 아닐 수도 있겠다는 생각이 드네요. 가령, 군대에는 분대-소대-중대-대대-연대-사단 등으로 나누어져 있는데 분대에서 처리할 수 있는 일을 사단장이 나서서 처리해주지는 않죠. (웃음)

하창수 우선 기도할 때 신이 처리할 만한 일인지부터 따져보고 나서 기도를 해야겠군요. 그렇다면 신이 처리할 정도의 기도는 어떤 것인가요?

이외수 기도의 내용보다는 거기에 담긴 마음이 문제가 아닐까 싶
어요. 신과 주파수가 맞아야 하는 거죠. 사랑이 가득한 기도, 욕망
보다는 소망이 가득 담긴 기도는 분명히 신의 '와이파이'에 닿을
겁니다.

뚝!

사필귀정(事必歸正)이라는 말은 그렇지 못한 세상에 대한 위로라는 생각이 듭니다. 선은 반드시 악을 이깁니까?

이외수 내 삶은 그렇지 않았지요. 불의로 귀결되는 때가 더 많았어요. (웃음) 높은 경지에 가 있는 사람들은 선악(善惡)이 한 자리에서 나온다고 말합니다. 나에게는 선인데 적에게는 악일 수 있지요. 적에게는 선인데 나에게는 악일 수 있고요. 나와 적이 정의를 위해 싸운다면 누구의 정의가 정의입니까? 나의 정의는 적에겐 불의일 테고, 적의 정의는 나에겐 불의일 텐데, 승리한 편에선 정의가 승리했다고 할 것이고, 패배한 편에선 불의가 이겼다고 하지 않겠습니까? 지구상에서 일어나는 모든 전쟁은 반드시 '정의'를 내세웁니다. 그들은 스스로 '선'하다고 생각합니다. 이때 정의는 누구의 정의이고, 선은 누구의 선입니까? 우리가 자신을 '선하다'고 주장하고, 상대를 '악하다'고 하는 것은 무지에서 나옵니다. 무지의 싸움입니다. 무지 속에서 싸우고, 그 싸움은 끝도 없이 계속됩니다.

하창수 그렇다면 우리는 무엇이 정의이고, 선인지 알 수 없습니까?

이외수 저의 소설 《칼》에서 쓴 적이 있는데, 사람이 태어나서 처음으로 인지하는 것이 '크다/작다, 옳다/그르다, 많다/적다, 나쁘다/

좋다' 식의 상대성입니다. 상대적인 것에 빠져버리면 "항상 큰 것 안에 작은 것이 있다. 작은 것은 큰 것 안에 들어간다"는 논리에서 벗어나지 못합니다. 그런데 의식이 깨어나면 소우주 안에 대우주가 있다는 것, 작은 것이 엄청나게 크다는 사실을 인식하게 됩니다. 이것을 비로소 아는 순간 선(善)에 들어갑니다. 기묘하게도 선(禪)과 같은 음이죠.

하창수 그렇다면, 모든 일은 반드시 정의로 귀결되는가에 대한 답은 어떻게 내리겠습니까?

이외수 그러니까 정의가 반드시 이긴다고 믿고 싶을 뿐이지, 반드시 이긴다고 말하기는 어렵습니다. 예전에 일어난 역사적 사실이나 지금 지구상에서 일어나고 있는 걸 보더라도, 반드시 정의가 이긴다고 말하는 것은 인간을 인간답게 만들기 위한 교훈이 될 수는 있지만 법칙이 되지는 않는 것 같습니다. 그렇게 믿고 싶고, 또 그렇게 되어야 하겠고, 그렇게 되도록 만들어가야 하겠지요.

똑!

Q
076

신라 장수 김유신에게는 젊은 시절 말의 목을
자른 유명한 일화가 있습니다. 말을 타고 가다
깜빡 잠이 들었는데 깨어보니 기방 앞이었고,
기방 출입이 잦았던 김유신은 습관적으로 기방
으로 향한 말을 보고 참회하는 마음으로 아끼
던 말의 목을 베었다는 것입니다. 이 이야기에
한 가지 의문이 듭니다. 잘못은 김유신 자신이
해놓고, 왜 애꿎은 말이 죽어야 합니까?

이외수 장수란 사람이 이렇습니다. 잘못된 것이라도 명령에 따르지 않으면 척결하는 게 장수들이죠. 떠도는 유머 중에 이런 게 있어요. 나폴레옹이 부하들을 이끌고 알프스에 올랐습니다. 정상에 오른 나폴레옹은 사방을 둘러보더니 "이 산이 아닌가보다" 하고 말했어요. 그리고 다시 다른 산을 오르기 시작했죠. 그 산 정상에 올라선 나폴레옹이 말하죠. "아까 그 산인가 보다." 자신의 잘못에 인색한 장군은 부하를 사지로 몰아가는 법입니다. 그들이 하는 단호한 척결에는 자신이 제외되어 있죠. 말의 목을 치는 그 순간에는 용장(勇將)일지 몰라도 덕장(德將)은 아닙니다. 덕장은 모든 과오를 자신의 과오로 여기고 스스로를 벌하는 장수입니다.

하창수 그렇게 해서 삼국통일을 이루는 데 공을 세우지 않았나요?

이외수 말의 목을 잘라서 삼국통일을 한 거라면, 열 마리쯤 죽였으면 천하통일을 했겠군요.

뚝!

H는 평소 선망하던 대학 입시에서 아슬아슬하게 떨어졌
습니다. 대기자 명단에는 포함되었는데, 대학 관계자로
부터 은밀한 제안을 받았습니다. 부모님께 얘기하면 들
어줄 수도 있는 제안이란 생각이 듭니다. Y는 몇 년째
승진에서 탈락되었습니다. 업무성과가 나쁘지 않다고
생각해왔는데 자신에 대한 부장의 평가가 심각하게 낮
다는 사실을 알아냈습니다. 그는 부장의 환심을 살 수
있는 방법을 찾아야 하는 게 아닌가, 고민 중입니다. T
는 고등학교 3학년 담임을 맡고 있습니다. 그런데 주위
의 권유로 증권에 투자했던 자금이 거의 깡통이 되면서
갑자기 경제적 어려움이 닥쳤습니다. 이 와중에 담임을
맡고 있는 학생의 부모와 면담을 하다가 내신 성적을
조정해주는 대가로 거액을 제안받았습니다. 고민에 빠
진 세 사람이 선생님께 간절히 조언을 구합니다. 어떤 말
씀을 해주겠습니까?

이외수 세 사람 모두 지금 자신이 하려는 게 반칙이라는 걸 알고
있습니다. 반칙은 하면 안 됩니다. 세 사람은 지금 쓸데없는 고민
을 하고 있는 겁니다. 고민할 필요가 없습니다. 반칙은 하면 안 되
는 것이고, 반칙이 반복되면 퇴장입니다.

하창수 세 사람이 하고 있는 고민은 결국 '반칙을 할 것인가 말 것
인가'네요.

이외수 그렇습니다. 답은 이미 나와 있습니다.

뚝!

Q
078

부당한 것, 불의한 것, 거짓과 위선에 대한 저항
을 당연하다고 생각하고 그렇게 실천하며 살아
왔습니다. 하지만 한편에선 오히려 이런 행동을
정의에 반한다고 비난하고, 거짓과 위선이라고
공격합니다. 나아가 자신들이 진실이라고 말합
니다. 이렇게 입장에 따라 정의나 진실이 달라질
수 있는 거라면 이 세상에 정의나 진실이 존재한
다고 할 수 있을까요? 정의나 진실은 없는 걸
까요?

이외수 정의나 진실을 '상식'이라는 단어로 바꾸어서 생각해보면 어떨까요? 우리는 너무 오랫동안 상식과 비상식이 대립하는 시간을 살았습니다. 그러면서 상식이라는 개념의 의미를 잃어버렸습니다. 상식이란 건 이렇습니다. 가령, 자로는 길이를 재는 것이 상식입니다. 저울로는 무게를 재는 것이 상식이죠. 그런데 어떤 사람은 저울로 길이를 재고, 자로 무게를 잽니다. 비상식이죠. 그런데 이 비상식적 행위가 상식적 행위가 되고, 찬사까지 받곤 합니다. 정의나 진실도 이런 식의 대접을 받아왔습니다. 상식이 무너져버렸듯, 정의도 죽은 사회가 되어버렸어요. 정의가 죽은 사회는 인간도 죽은 사회입니다. 인간답게 살기 위한 기본적 조건이 죽었는데 어떻게 살아갈 수 있겠습니까. 상식과 양심, 진실과 정의—이건 물이나 공기와 전혀 다르지 않습니다. 숨만 쉰다고 살아 있다고 믿는다면, 공기가 아무리 나빠져도 탓할 수 없습니다. "입에 풀칠하는 것만으로 감지덕지"라고 말하는 사람들에게 정의나 진실은 허접하기 이를 데 없을 겁니다. 그들에겐 범죄도 당연하고, 뇌물도 당연하고, 불안이나 위기도 당연합니다. 상식과 도덕, 진실과 정의는 분명히 존재하지만, 찾지 않으면 존재하지 않는 것과 다를 바 없습니다.

똑!

Q
079

모든 노동은 신성합니까?

이외수 "누구를 위한 노동인가?"를 물어보지요. 나 한 명만을 위한 노동이 아니라면 거룩하고 신성하다고 생각합니다.

하창수 일하지 않는 것은 악덕입니까?

이외수 능력이 있는데도 일하지 않는 건 악덕입니다. 멀쩡한 육신을 가지고 빈둥거리는 건 작은 문제가 아닙니다. 노동은 그 자체만으로 신성한 것이 아니라 신성한 의미를 구현할 때 신성해집니다. 가령, 일정한 지위에 오르거나 권력을 가졌을 때 남을 부리려하는 것은 '노동을 하지 않는 것'일 뿐만 아니라, 신성한 가치를 구현하는 노동과 정반대의 '짓'을 하는 겁니다. 사람들이 존경하는 위인들은 하나같이 스스로 나서서 발 벗고 '일'을 한 사람들이었어요. 손수 모범을 보여주지 않고 지위와 권력을 휘두르기만 하는 사람들은 '일을 하지 않는 사람'들이고, 노동의 신성을 해치는 가장 큰 악덕을 행하는 사람들입니다.

뚝!

Q

080

"같은 물을 먹고도 뱀은 독을 만들고 소는 우유를 만든다"는 말이 있습니다. "같은 쌀로 백가지 사람을 키워낸다(一樣米養出百樣人)"는 중국의 속담도 있습니다. 원인이 되는 것은 같은데 전혀 다른 결과가 나타날 때가 있습니다. 어떻게 이해해야 할까요?

^{이외수} 의지가 다르기 때문입니다. 내가 이 물을 먹고 독을 만들어야겠다고 생각하면 그 물은 독으로 변하고, 이 물을 먹고 우유를 만들겠다고 생각하면 우유로 변합니다. 글을 쓰는 것도 마찬가지죠. 어떤 의도와 의지를 가지고 글을 쓰느냐에 따라 독이 되기도 하고 우유가 되기도 합니다.

똑!

Q
081

우리가 아는 위대한 사람들은 하나같이 "목에
칼이 들어와도 뜻을 굽히지 않겠다"라고 말했
습니다. 하지만 일단 목숨을 건지고 나서 나중
에 뜻을 펼쳐도 되지 않을까요?

이외수 아닙니다. 일단 살고 나면 다시 굽히게 될 겁니다. 굽히면 계속 굽혀요. 확실합니다.

하창수 그렇다면 죽는 게 낫습니까?

이외수 대의와 명분이 있다면 그렇습니다. 대의명분 없이 죽는 건 개죽음입니다. 많은 사람을 살리는 일, 타인을 불행과 위기로부터 구하는 일이라면 목에 칼이 들어와도 뜻을 굽힐 수 없습니다. 이렇게 목숨을 걸고 뜻을 지키는 것은 거룩하다고 봐야 합니다.

뚝!

Q

082

영국의 철학자 프랜시스 베이컨은 "아는 것이
힘"이라고 말했습니다. 하지만 우리 속담은
"아는 게 병"이라고 합니다. 아는 것 —힘인가
요, 병인가요?

이외수 "모르는 게 약"이라는 말도 있지요. 아무튼, 어중간하게 아는 건 병입니다. 가령, "프랜시스 베이컨은 어떤 돼지로 만들 수 있는 거죠?"라고 한다면 병이 될 수 있겠죠. (웃음) 어설프게 아는 건 불편함만을 줄 뿐이죠. 확실하게 아는 것, 무엇 하나라도 아주 소상하게 아는 것은 힘이 되고 약효를 발휘할 수 있습니다.

하창수 선생님은 아는 것, 느끼는 것, 깨닫는 것의 차이에 대해 자주 말씀하는데, 이 경우에 진짜 힘이 되는 건 깨달음이겠죠?

이외수 아는 것도 쓰임새가 있긴 합니다. 하지만 느끼는 것에 비할 수 없고, 느끼는 것은 깨달음에 비할 수 없겠지요. 아는 것이 머릿속에 저장된 채 발효가 되지 않은 상태는 지식입니다. 완전히 소화가 되지 않은 상태라 효과를 발휘하는 데는 한계가 있어요. 완전히 소화되지 않으면 병을 일으킬 수 있습니다. "아는 것이 병"이라는 말은 바로 그 상태를 지칭하는 거예요. 머리에 쌓은 지식이 발효가 이루어져 가슴으로 내려오게 되면 지혜가 됩니다. 지식이 지혜가 될 때 비로소 힘이 되지요.

하창수 지혜를 갖기 위한 발효는 어떻게 하면 되는 건가요?

이외수 사랑으로 발효시켜야 합니다. 사랑이 빠져버리면 지식은 결코 지혜가 되지 않습니다. 사랑으로 가득한 사람과 지혜로운 사람은 둘이 아닙니다.

뚝!

'유전무죄 무전유죄'라는 말이 있습니다. "돈이 있으면 잘못을 했더라도 죄가 없고, 돈이 없으면 잘못을 저지르지 않았는데도 죗값을 치른다"는 것이죠. 영국의 사상가 버트란트 러셀은 "가난한 사람이라고 감옥에 가는 건 아니지만, 감옥에 있는 사람은 모두 가난한 사람들이다"라는 말도 했습니다. 부자들은 죄를 짓고도 쉽게 풀려나는 세상의 불합리를 없앨 수 있을까요?

이외수 우선 마스크와 휠체어를 없애야 합니다. (웃음)

하창수 (웃음) 마스크와 환자복은 재벌가 사람들이 법정에 갈 때의 유니폼이죠.

이외수 돈 많은 사람들에겐 법원이 병원인지 마스크 쓰고 휠체어 타고 갔다 오면 금방 멀쩡해지더라고요. '유전무죄 무전유죄'의 악습에 사람들이 점점 익숙해져가고 있다는 데 문제의 심각성이 있습니다. 이런 걸 지적하고, 비판하고, 도덕성 회복을 강도 높게 외치지만 소귀에 경 읽기 꼴이니 외치는 사람 입만 아프게 돼버려요. 정부에 대한 불신이 커지고 사회에 대한 불만만 높아지는 게 아니라 노동에 대한 의욕이 상실되고 인간에 대한 신뢰, 존엄성도 바닥에 떨어지고 맙니다. '돈도 빽도 없는' 사람에게 법은 마지막 보루와 같은데 이 법이 불공평하게 적용되는 걸 목격하게 되면 결국 자포자기할 수밖에 없지 않겠습니까?

하창수 북유럽의 경우 똑같이 음주운전을 해도 부자에겐 벌금을 더 많이 내게 하는 것으로 알려져 있습니다. 이것이 오히려 공평한 방식이 아닌가 싶은데요.

이외수 그리고 일반 사람들도 법원에 출두할 때 마스크 쓰고 휠체어 타고 출두하면 금방 나올 수 있는 제도가 만들어져야 합니다. 그래야 공정하죠.

뚝!

우리는 단일민족임을 자랑스럽게 내세웁니다.
반면 여러 민족이 어울려 살아가는 세계에서는
저마다의 민족주의가 분쟁을 일으키기도 합니
다. 단일민족의 우월성을 내세우는 건 여전히
유효한가요?

이외수 진화론에 의하면 인간이 물고기였던 때가 있었다잖아요? 그런 우리에게 민족이라는 구별은 언제부터 생겼을까요? 단일민족이라고 하려면 수많은 조건들을 충족시켜야 합니다. 우리 민족의 발상지부터 따져봐야겠죠. 처음부터 한반도에서 살았던 건지, 아니면 다른 지역을 어떻게 거쳐 한반도에 정착하게 되었던 건지, 수많은 외족과의 전쟁을 겪고 침탈도 받았는데 온전히 민족의 순혈이 지켜졌는지… 그냥 '지구인'으로 만족합시다. (웃음)

하창수 지구인이라는 단일민족으로 말이죠?

이외수 지구인이라는 단일성이 더 좋은 것 같습니다. 단일민족을 내세우는 건 지구라는 큰 세계에서 스스로 왕따를 자초하는 일이기도 해요. 지구인으로 묶이면 그 자체로 우애와 화합이 생기잖아요. 현대는 빠른 속도로 뒤섞이고 있어요. 국제결혼이란 말이 이젠 더 이상 어색하지 않죠. 세계 도처에서 일어나고 있는 크고 작은 종교분쟁, 민족분쟁의 근본 원인이 바로 이런 폐쇄적 태도 때문입니다.

똑!

Q

085

성경의 첫 부분에 나오는 '창세기'에 대해 몇 가지 의문이 있습니다. 성경에는 왜 공룡이 안 나올까요? 에덴동산은 어디에 있었을까요? 지구였을까요, 다른 행성이었을까요? 전지전능하신 하느님은 아담과 이브가 사탄에게 속아넘어갈 것을 몰랐을까요? 그리고 왜 우주에 대한 이야기는 없을까요?

이외수 저도 몹시 궁금합니다. (웃음)

하창수 신은 자신의 형상대로 인간을 만들었다고 하는데, 이때 '형상'이란 것이 겉모양만 아니라 '마음'까지도 포함한다면, 인간이 가진 '나쁜 마음'은 어떻게 설명할 수 있을까요? 신도 역시 질투와 욕심 따위를 가지고 있다는 건가요?

이외수 그분께 이렇게 묻고 싶습니다. "하느님, 이제 뱀을 용서하시고 다리를 만들어주실 생각은 없으신가요? 이제는 배로 그만 기게 하고, 다리로 걷게 해주실 생각은 없으신가요?"

뚝!

Q
086

국립국어원은 국어사전에서 '사랑'의 뜻을 몇 차례 거듭 수정했습니다. 성 소수자를 차별화한다는 지적을 받아들여 2012년 개정한 국립국어원의 《표준국어대사전》에는 '사랑'을 "어떤 상대의 매력에 끌려 그리워하거나 좋아하는 마음"이라고 정의했습니다. 사랑·연애·연인·애인·애정의 행위 주체를 '남녀'로 따로 명시하지 않도록 수정한 것입니다. 하지만 최근에 다시 '사랑'의 뜻을 "남녀 간에 그리워하거나 좋아하는 마음. 또는 그런 일"이라고 수정하고 이성애(異性愛)만을 '사랑'으로 국한시켜놓았습니다. 한국교회연합이 동성애를 옹호한다며 문제를 제기했고 국립국어원은 이를 받아들인 것입니다. 이성애만이 사랑인가요?

이외수 신은 남자입니까, 여자입니까? 신에게 성별이 있나요? 하느님이 사랑의 하느님이라면, 서로 다른 성(性)을 사랑해야만 사랑이라고 한다는 건 하느님의 사랑에 위배되는 게 아닌가요? 신은 세상 만물을 사랑하라고 하셨는데, 세상 만물에 성이 없는 게 얼마나 많습니까? 이성애만을 사랑이라고 정의하는 건 종교의 본질에 위배된다고 생각합니다. 그리고 이건 신을 왜곡하는 일입니다. 우주 삼라만상을 창조하신 신께서 사랑만은 성을 구별해서 해야 한다고 하셨다면, 만약 그랬다면, 이건 신께서 당신의 한계를 스스로 고백한 것이나 다름없습니다.

뚝!

Q
087

인재(人災)가 끊이지 않고 일어나면서 "자연재
해보다 더 무서운 재난"이라는 말까지 생겨났
습니다. 끊임없이 인재가 일어나는 이유가 무엇
일까요? 그리고 이런 인재를 막을 수 있는 방법
이 있을까요?

이외수 모든 인재 뒤에는 부정부패가 도사리고 있습니다. 인재를 막는 방법은 다른 게 없습니다. 부정부패를 철저하게 막는 거죠. 부정부패를 저지른 조직과 사람은 엄벌에 처해야 합니다. 이렇게만 된다면 인재의 대부분을 막을 수 있다고 확신합니다.

그리고 나 자신부터 부정과 부패에 결탁하거나 매수당하지 않는 것, 스스로 청렴결백하고 근면성실하게 살아가는 것이 필요합니다. 나부터 실천하는 것이 중요합니다. 이렇게 살겠다는 다짐은 모깃불과 같습니다. 모기가 덤벼들 수 없죠.

똑!

Q
088

우리는 왜 무책임한 행동을 하면 안 됩니까?

이외수 세월호 참사 같은 사태가 다시 일어나면 안 되기 때문입니다. 임무를 다하지 않고, 책임지려는 자세를 버리게 되면, 참사는 기다렸다는 듯이 일어나게 됩니다. 나도 억울한 일을 당할 수 있고, 남도 억울한 일을 당할 수 있습니다. 우리 모두가 억울한 일을 당할 수 있습니다. 자신의 무책임한 행동이 어떤 결과를 낳는지를 생각하지 않는 것은 남을 아프게 한다는 걸 알면서도 그렇게 하는 것과 같습니다.

뚝!

Q

089

선거 때만 되면 투표장 대신 낚싯대를 챙기는
친구가 있습니다. 투표를 독려하는 메시지를
보내면 "투표 안 하는 것도 권리다"라는 냉정
한 답이 돌아옵니다. 이 친구에게 한 마디 해주
신다면?

이외수 한 마디보다 좀 길게 해드리겠습니다.

"세상이 갈수록 살벌하면서도 험악해지고 있습니다. 하루건너 한 번씩 살인사건이 일어나고, 하루건너 한 번씩 강간사건이 일어납니다. 사기꾼, 폭력범, 도둑놈 들이 극성을 부립니다. 가짜가 진짜 행세를 하고, 진짜가 가짜 취급을 받는 세상입니다. 실직자도 늘어나고 있습니다. 새싹처럼 싱그러워야 할 아이들이 낙엽처럼 시든 얼굴로 학교와 학원을 다니고 있습니다. 자살자가 증가하고 우울증 환자도 늘어갑니다. 행복 지수가 떨어진다면 경제 지수가 높아진들 무슨 소용이 있겠습니까. 행복한 날들보다는 불안한 날들이 많은 시대입니다. 사람이 사람답게 살지 못하고 사람이 기계처럼 살아도, 언제 직장에서 쫓겨날지 모르는 시대입니다. 이제 바꾸어야 할 때가 왔습니다. 국민을 상대로 거짓말을 일삼지 않을 정당의 후보를 찍으시면 됩니다. 저는 비록 늙었지만, 아직도 세상이 맑아지기를 간절히 소망하고 있습니다. 투표합시다. 투표만이 세상을 바꿀 수가 있습니다. 노인들도, 젊은이도, 아이들도, 사람답게 살 수 있는 세상을 만들어갈, 당신의 한 표를 기대합니다."

뚝!

Q
090

TV 뉴스나 신문에 나오는 정치 문제를 두고 부모님과 대화를 하다보면 의견 충돌이 자주 일어납니다. 정치적 견해가 다르기 때문입니다. 정치가 우리 삶의 중요한 영역이란 점에서 정치적 견해가 다르다고 해서 정치 이야기를 피하거나 꺼린다는 건 바람직한 일이 아니라고 생각하지만, 문제는 의견 충돌로 인해 가족 간의 화목이 깨질 수도 있다는 겁니다. 싸우지 않고 정치 이야기를 나눌 방법이 있을까요?

^{이외수} 정치가들이 싸우지 않으면 그런 날이 옵니다. 정치가들이 멱살잡이 안 하고, 침 튀기면서 언성 높이지 않는 날이 오면, 가능합니다.

똑!

"젊어서 고생은 사서도 한다"는 어른들의 말
씀, 아직도 믿어야 합니까?

이외수 우리는 흔히 여름에 꽃이 많이 핀다고 알고 있지만, 식물학자들에게 물어보면 봄과 가을에 꽃이 가장 많이 핀다고 합니다. 이유가 재밌습니다. 꽃은 식물이 뭔가를 견뎌낸 보상인데, 봄에 피는 꽃은 혹한을 견딘 보상이고, 가을에 피는 꽃은 혹서를 견딘 보상입니다. 봄꽃, 가을꽃의 표정을 보십시오. 봄에 피는 꽃들에는 햇볕을 간절히 그리워한 표정이 나타나 있고, 가을에 피는 꽃들에는 서늘한 바람을 그리워한 표정이 나타나 있습니다. 삶도 마찬가지입니다. 인생의 꽃을 피우려면 혹서와 혹한을 잘 견뎌내야 합니다.

뚝!

Q

092

'금기'란 건 대체 누가 만들었는지, 왜 만들었
는지, 의아할 때가 많습니다. 금기는 있어야 하
는 건가요?

^{이외수} 조화를 위해서 생겨나는 겁니다. 영속하는 것은 아닙니다. 그 어떤 것도 영원히 금지되는 건 없어요. 시대에 따라 공간에 따라 달라질 뿐입니다. 조화를 위해서 필요하다면 어쩔 수 없다고 봅니다. 다수가 지지해서 만들어진 것이니까요. 금기는 특정인에 의해 생겨나는 게 아니지만, 혹 특정인(또는 특정 계층)이 정했다 하더라도 다수가 따르면 존속하게 됩니다. 그것이 지속성을 가진다면 조화를 위해 아직 유효하기 때문이라고 보면 되고요. 안 지키게 되면 상당히 불편해지죠.

뚝!

Q

093

성자들은 하나같이 용서하는 마음을 가지라고
말합니다. 어떤 조건도 달지 말고 무조건 용서
하라고 말합니다. 하지만 용서는 매우 힘든 일
이고, 진정 어린 사과가 먼저 이루어지지 않는
상황에서 용서하라는 건 너무 가혹합니다. 예
외가 없이 용서해야 합니까?

이외수 용서는 반성할 때 할 수 있고, 얻을 수 있는 겁니다. 반성하
는 사람에게 용서할 때 그 용서가 비로소 아름다워집니다. 늘 똑
같은 짓을 되풀이하는 자를 용서하는 건 용서가 아니라 방조에
요. 물론, 늘 용서를 준비하고는 있어야 합니다. 상대가 반성하거
나 달라질 가능성이 보일 때는 언제라도 용서할 수 있도록 준비되
어 있어야 합니다. 하지만 세상에는 타인의 용서를 먹고 자라는
괴물이 있어요. 그것들을 방조하면 결국 그것들은 뒤룩뒤룩 살이
찌고 자라납니다. 잘못된 용서가 진짜 괴물을 키운 거죠. 다만, 용
서하지 않았을 때 일어나게 될 일도 한 번쯤 생각해볼 필요가 있
습니다.

뚝!

자유로운 영혼을 가진 선생님도 혹시 지금까지
하고 싶었지만 절대 할 수 없었던 게 있었나요?

^{이외수} 저를 과대평가하셨군요. (웃음) 하고 싶었지만 절대 할 수 없었던 것, 엄청나게 많습니다. 어렸을 때는 갖고 싶은 학용품들이 굉장히 많았죠. 돈이 없으니 훔치지 않고는 가질 수가 없었는데, 훔칠 순 없잖아요. 커서는, 예쁜 여자를 봤지만 고백을 못했습니다. 정말 패주고 싶은 놈이 있었는데 나보다 힘이 세서 덤비질 못했던 적도 있었죠. 하지만 영혼만큼은 늘 자유로웠습니다.

똥!

Q 095 개미와 베짱이 중 누구의 삶이 더 행복하고 가치 있을까요?

하창수 역시 우화하면 이솝이죠. 이솝의 우화를 어떻게 생각합니까?

이외수 풍부한 상징성을 담고 있는 이야기가 바로 이솝의 우화들입니다. 시각을 달리하면 또 다른 해석이 가능한 것도 이솝우화가 가진 특성이고요. 이솝우화는 형식면에서나 내용면에서 이후의 우화들이 만들어지는 원천이 되었습니다.

하창수 〈개미와 베짱이〉를 보면, 여름 내내 놀고만 지내던 베짱이는 겨울이 되어서 먹을 게 떨어지자 여름 동안 열심히 일한 개미를 찾아갑니다. 그런데 곤충백과사전을 보면 베짱이는 한해살이라 겨울이 오기 전에 생을 다하는 것으로 나옵니다. 물론 이야기니까 실제와 꼭 같을 필요는 없겠지만.

이외수 이솝이 파브르에게 조언을 구했으면 좋았을 텐데요? (웃음) 그보다는, 베짱이는 억울한 곤충입니다. 누명을 벗겨줘야죠! 베짱이는 상당히 멋스럽고 맵씨 있는 체형을 가졌죠. 개미가 산문적인 곤충이라면, 베짱이는 시적인 곤충입니다. 개미는 소유의 삶을 살고, 베짱이는 무소유의 삶을 살았다고 보면 어떨까요. 소유냐 존재냐에서 베짱이는 '존재'쪽을 택한 거죠.

그런데 그림책으로 나온 〈개미와 베짱이〉에는 베짱이가 바이올린을 켜고 있는 삽화가 어김없이 들어 있는데, 이건 자칫 음악을 전공하는 사람들을 '놀고먹는 사람'으로 오해하게 만들 소지가 있습니다. 뮤지션들은 사실 매우 성실한 노력파들이에요. 음악은 부단한 연습 그 자체라고 봐야 하거든요. 베짱이를 정치가로 바꾸기를 권합니다.

토끼와
거북이

이외수의 고전 옆차기 #10

|

Q 096 토끼와 거북이의 경주는 공정하다고 볼 수 있을까요?

하창수 토끼와 거북이의 경주는 사실 성립될 수 없는 게임인데, 그러고도 경주를 붙여놓은 건 좀 억지스럽지 않습니까?

이외수 이 이야기의 교훈은 자만하지 말라는 것인데, 조건이 좋은 사람을 위한 교훈인 거죠. 물에서 헤엄을 치게 했다면 전혀 다른 결과가 나왔겠죠.

하창수 그랬다면 이번엔 거북이가 잠을 잤을지 모르겠네요. (웃음)

이외수 토끼와 거북이의 경주 같은 불합리하고 불공평한 게임이 실제로 현실에서 일어나고 있습니다. 가령, 초등학교부터 고등학교까지 모든 학생들에게 전 과목을 배우도록 하는 게 그렇습니다. 학생들마다 재능이 다르고, 좋아하는 게 다르고, 잘 할 수 있는 게 다른데, 교육은 천편일률적이에요. 똑같이 스타트라인에 세워놓고 달리게 만듭니다. 제비는 하늘을 잘 날아야 하고, 물고기는 헤엄을 잘 쳐야 하고, 두더지는 땅을 잘 파야 하고, 다람쥐는 나무를 잘 타야 합니다. 만약 물고기에게 하늘을 날고, 땅을 파고, 나무 타는 법을 가르친다면 어떻게 되겠습니까? 아무 소용이 없는 걸, 때로는 치명적인 걸 가르치기도 하는 게 우리의 교육현실입니다. 모든 학생들이 이런 '경주'를 하고 있는 거죠. 누구는 토끼고, 누구는 거북이인데, 둘에게 경주를 시키는 겁니다.

양치기
소년
이야기

이외수의 고전 옆차기 #11

Q 097 양치기 소년과 늑대 중 누가 더 무서운 존재일까요?

하창수 생각해보면, 우리 사회에는 수많은 '양치기 소년'이 있을 것 같습니다.

이외수 '양치기 소년'은 보이스 피싱의 원조라고 할 수 있죠. (웃음) 사실 늑대보다 '양치기 소년'이 더 무서운 존재입니다. 늑대가 노리는 건 양 한 마리지만, 양치기 소년의 거짓말은 양떼 전부를 잃게 만들 수도 있으니까요. 국민을 지켜내야 할 위정자들, 권력을 쥔 자들, 국민들로부터 권리를 위임받은 정치인들이 거짓말을 늘어놓는 걸 보면 영락없는 '양치기 소년'입니다. 양치기 소년은 내쫓으면 되지만, 이 사람들은 쉽게 내쫓을 수도 없어요. 더 큰 문제는 "나는 거짓말 한 적이 없다, 나는 억울하다"는 그들의 말을 믿고 인정해주는 사람들이 적지 않다는 겁니다.

그런데 정말 무서운 건, "늑대가 나타났다!"라고 외친 자신의 행동을 두고 "경각심을 불러일으키기 위해 한 선의의 거짓말이었다"고 당당하고 떳떳하게 호도하는 일입니다. 그렇게 한 걸 마치 최선을 다해 자신의 임무를 수행한 것처럼 포장하는 거죠. 이런 아이러니가 지금 우리에게 일어나고 있습니다. 양치기 소년은 어

른으로 성장한 뒤에도 여전히 버릇을 고치지 못했어요. 고치기는
커녕 더 뻔뻔스러워졌어요.

이외수의 고전 옆차기 #12

Q 098 거짓 위장술에 넘어가지 않는 방법이 있을까요? 진짜와 가짜를 어떻게 구별할 수 있을까요?

하창수 어미 양을 잡아먹고 그 가죽을 덮어쓴 늑대가 어린 양들이 사는 집을 찾아가는 이야기는 생각해보면 참 끔찍합니다. 이것 역시 현실에서 적지 않게 일어나고 있고요. 자신의 정체를 숨기고 진짜 목적을 감추는 사람들을 어떻게 가려낼 수 있을까요?

이외수 제 가죽이 아닌 것을 덮어쓰고 있다는 건 자신을 드러내지 않으려는 속셈이 있어서이기도 하지만, 자신을 드러내는 걸 창피하게 생각해서이기도 합니다. 자기모멸, 열등감 등이 그렇게 하게 만들죠. 이건 빨리 벗어날수록 좋습니다.

또 하나 중요한 건, 양의 가죽을 쓴 늑대도 가짜지만 늑대의 가죽을 쓴 양도 가짜라는 사실입니다. 우린 자칫 양의 탈을 쓴 늑대만을 생각하기 쉬운데, 별 볼일 없는 놈이 늑대 가죽을 덮어쓴 채 거짓 위세를 떠는 경우가 결코 적지 않다는 겁니다. 인터넷의 익명성 뒤에 꽁꽁 숨어 있는 악플러들, 철저하게 권력에 붙어 논리 따위는 안중에도 없이 말문이 막히면 '종북좌빨' 카드를 꺼내드는 극우보수 논객들이 대표적인 '늑대의 탈을 쓴 양'입니다.
아무리 가장해도 본질은 숨길 수 없습니다. 까마귀가 백로의 털을
꽂고 백로 행세를 하더라도 울음소리까지 바꿀 순 없죠. 늑대 가
죽을 썼든 양 가죽을 썼든, 발톱까지 숨길 순 없어요. 우린 그들의
위장술에 속아선 안 됩니다. 그들의 울음소리, 그들의 발톱 모양
을 정확히 찾아내는 분별력, 판단력을 잃지 않아야 합니다.

신통방통—깨달음의 이야기

4

일시무시일(一始無始一)

모든 것은 하나에서 비롯되었으되 비롯됨조차 없다.

일종무종일(一終無終一)

모든 것은 하나로 끝나지만 그 끝남이 없다.

사사건건 시비를 거는 사람이 있습니다. 아무리
좋은 말을 건네도 돌아오는 건 가슴을 후벼파
는 말뿐입니다. 어찌 해야 할까요?

이외수 남 잘 되는 꼴을 못 보는 사람 치고 인품 고매한 사람 드물지요. 열등은 흔히 시기라는 이름의 구더기를 키우고, 시기라는 이름의 구더기는 흔히 질투라는 이름의 똥파리가 됩니다. 똥파리가 되어 남의 밥상을 탐합니다. 똥파리는 가끔 자신이 새인 줄 알 때도 있지요. 하지만 어쩌겠습니까. 그러려니 하면서 웃어넘겨야지요.

뚝!

욕심 내지 않고 제 분수를 지키며 사는 것은 삶
의 의욕이 부족한 것일까요? 끊임없이 일어나
는 욕심은 어떻게 자제하면 좋을까요?

이외수 자족(自足)하는 삶의 참된 의미를 알 필요가 있습니다. 욕심을 의욕으로 호도하면, 분수를 잊게 되죠. 서른이 넘어서까지 반찬 투정하는 남자들이 있습니다. 그래서 "반찬 항아리가 열둘이라도 서방님 비위는 못 맞추겠다"는 속담이 생겼습니다. 하지만 이 습관은 며칠만 굶기면 저절로 해결됩니다. 굶지 않고 사는 것만으로도 큰 행복이라는 사실을 알게 되지요. "내 배가 부르니 평안 감사가 조카 같다"는 속담이 여기에 해당합니다. 종일 굶다가 조금 전 만둣국 한 그릇을 먹었습니다. 천하가 다 제 뱃속에 들어 있는 느낌입니다.

뚝!

일하기 싫은 날이 늘어나고 있습니다. 주말에
쉬다가 월요일 아침이 오는 것이 두렵습니다.
하느님은 한 주를 왜 7일로 만들었는지 원망스
럽습니다. 일주일이 4일이나 5일이면 얼마나 좋
을까요?

^{이외수} 달력에 토요일과 일요일만 있다면 인생은 얼마나 지루할까요. 하루는 쉬고 하루는 놀고, 등교도 출근도 하지 않고 온종일 소파에 누워 TV만 보는 일상… 생각만 해도 끔찍하지 않습니까? 월, 화, 수, 목, 금, 토, 일—뺄 날도 더할 날도 없습니다. 아무리 힘차게 달리는 자전거도 페달을 밟지 않으면 결국은 넘어지게 됩니다. 인생도 마찬가지입니다. 너무 긴 휴식은 당신을 넘어지게 만듭니다. 넘어지지 않을 정도로 페달을 밟아주시는 센스만은 잃지 마시기를. 자, 힘을 냅시다.

똣!

Q

102

잘못된 습관을 고치고 싶은데 어떻게 하면 좋
을까요?

이외수 좋은 습관을 익히려면 많은 노력과 시간이 필요합니다. 그러나 나쁜 습관을 버리려면 더 많은 노력과 시간이 필요합니다. 그래서 나쁜 습관은 처음부터 가까이하지 않는 것이 최선입니다.

뚝!

Q
103

"넌 종잡을 수 없는 놈이야"라는 말을 자주 듣습니다. 좋은 뜻으로 들리질 않습니다. 모범생처럼 행동하고 싶은데 잘 되질 않습니다. 어떻게 해야 할까요?

이외수 결말이 뻔한 소설책은 독서에 대한 욕구를 반감시킵니다. 결말이 뻔한 인생도 마찬가집니다. 삶에 대한 욕구를 반감시킵니다. 다행히 소설도 인생도 정해진 공식이나 결말은 없습니다. 자신이 가진 의욕과 기대로 얼마든지 남다른 가치와 보람을 창조할 수 있습니다.

똑!

Q

104

분을 참을 수 없을 때가 많습니다. 어떻게 하면
좋을까요?

^{이외수} 가급적이면 화를 내지 마세요. 화를 내면 받는 사람보다 내는 사람이 더 피해를 입기 마련입니다. 어쩔 수 없이 화가 난다면 최대한 빨리 삭여버리세요. 화가 삭을 때까지 아기의 눈동자를 들여다보고 있거나 하늘을 올려다보세요. 숫자를 헤아리는 방법도 효과가 있습니다.

뚝!

Q
105

진심이 받아들여지지 않을 때, 어떻게 해야 할
까요?

이외수 내 등이 굽지 않았는데 내 그림자의 등이 굽을 리가 없습니다. 하지만 가끔 양심 없는 자들에 의해서 진실이 왜곡되기도 하지요. 억울하지만 참고 살다보면 양심 없는 자들이 제 발등을 찍는 날이 옵니다. 그때는 진실도 드러나기 마련입니다. 중상모략에 대한 최선의 대답은 묵살과 냉소밖에 없습니다. 개떼들이 보름달을 보고 미친 듯이 짖어대도 보름달은 눈썹 하나 까딱하지 않습니다. 개는 수만 년 동안 개였고, 달은 수만 년 동안 달이었을 뿐입니다.

똑!

"예외 없는 법칙은 없다"는 말이 있습니다. 그
런데 만약 단 하나의 예외적인 경우도 없는 법
칙이 발견되었다면, 그건 법칙이 아니면 무엇입
니까?

이외수 깨달음의 상태에서는 예외가 없어요. 모든 것은 일(一), 하나입니다. 하지만 법칙은 현상을 얘기하는 겁니다. 현상의 무상한 변화를 감안한다면 예외가 따르게 되어 있어요. 법칙이란 현상을 전체적으로 아우르는 질서를 의미하는데, 여기에서 벗어나는 질서가 존재하기 마련이죠. 만약 예외가 존재하지 않는 질서를 찾아냈다면 그건 진리를 찾은 겁니다. 즉, 본성을 찾은 것입니다.

하창수 흔히 '진리 탐구'라는 말을 쓰는데, 보통 "명제가 사실에 정확하게 들어맞거나 논리적인 법칙에 모순되지 않는 올바른 판단"을 진리라고 말하죠. 철학에서는 "언제 어디서나 누구든지 인정할 수 있는 보편적인 법칙이나 사실"을 진리라고 하기도 하고요.

이외수 "이것이 보편적인 법칙이며 사실이다"라고 내놓은 것 중에 실제로 보편적인 법칙이며 사실인 것이 있었나요? 그저 "이것이 진리다"라고 주장했을 뿐입니다. 그것을 진리인 것처럼 편의상 사용했을 뿐이고요. 천변만화하는 현상을 따라잡는 데 급급한 것이 이론이고, 그보다 조금 더 본질에 가깝다고 여기는 것이 진리인데, 현상을 추수(追隨)하는 것에 불과하다면 진리도 이론도 변화 속에 있을 뿐입니다. 모두 현상이고 변화라는 얘기죠. 진리의 절대조건은 영원불변입니다. 우리가 발견한 것 중에 영원불변한 것이 있습니까?

똣!

그렇다면 모든 것을 설명하는 이론의 발견은
불가능할까요? 아무리 찾아내도 이론은 단지
이론에 불과한가요?

이외수 이론이 미치지 못하는 현상이 얼마든지 있습니다. 특히 초자연적인 현상에는 이론이 닿을 수가 없죠. 이론의 기본적 구조는 '이다/아니다'와 '있다/없다'입니다. 이 두 가지를 가지고 입증하게 되는데, 세상의 현상들이 어떻게 이 두 가지 코드에 모두 담겨질 수 있겠어요?

하창수 지금 우리 현실에는 수많은 이론들이 있고, 계속 만들어지고 있습니다. 계량적으로 답한다는 게 곤란한 일이겠지만, 우리의 삶에서 이론화시킬 수 있는 게 몇 퍼센트 정도나 된다고 생각하십니까?

이외수 저는 책을 출간하면 1할의 인세를 받아요. 40년 동안 이렇게 살아서인지 저는 '일할짜리 인생'을 사는 것 같아요.

하창수 (웃음) 우리 인생도 이론화시킬 수 있는 걸 10퍼센트 정도로 보십니까?

이외수 실제로는 그보다 훨씬 적지 않을까 싶네요. 특히, 인간이 우주에 대해 이론으로 정립시킬 수 있는 건 아주 미미할 겁니다. 가령, 지구의 역사를 두 시간짜리 영화로 상정한다면 인간이 탄생하고 지금까지 살아온 시간은 0.2초에 불과하다고 하지요. 눈 깜짝할 사이보다 작은 0.2초 동안 지구에서 살아온 존재가 무얼 알 수 있겠습니까? 1할은 고사하고, 거의 무(無)에 가깝지 않나 싶습니다.

하창수 그럼에도 불구하고 우주 안에서 최고의 지성으로 자부하는 인간의 자만심은 어디에서 나오는 걸까요?

이외수 골목에도 대장은 있는 법이죠. 인간이 살아온 시간이 얼마나 짧은가에 대해서는 다양하게 비유할 수 있습니다. 지구를 농구공 크기로 축소하면 인간의 존재는 하나의 주름 속에 묻힌 먼지 한 알갱이에도 미치지 못하고, 어깨 부위를 지구의 탄생으로 상정하고 팔을 쭉 뻗었을 때 인간의 탄생은 손톱 끝 정도라고 할 수 있어요. 이런 존재가 자연을 황폐화시키고, 지구의 존립을 근본적으로 위협하는 가공할 무기를 만드는 걸 보면 정말 대단하긴 대단합니다. 그래봐야 대단히 위험한 존재일 뿐이지만요. 세균보다 더 많은 화학물질과 에너지를 쓰고 훨씬 더 복잡한 구조를 갖고 있다는 점에서 보면, 인류는 세균보다 진화가 덜 된 존재라고 할 수 있습니다. 인류가 물질만을 극단적으로 추구해서는 진정한 의미의 '만물의 영장'이 될 수 없습니다. 정신적 존재이며 영적 존재로서의 인간이 물질적 존재로서의 인간과 균형을 이루면서 성장하고 진화해야 합니다. 저는 인간이 3차원적 존재라고만은 생각하지 않습니다. 우주적 존재로 의식을 확장시킨다면 다양한 차원을 우리의 공간으로 삼을 수 있고, 진보적 과학자들이 얘기하는 무한차원(無限次元)적 존재로 진화할 수 있다고 생각합니다.

하창수 선생님은 진화의 양태를 "우주와 가까워지는 것"이라고 자주 말씀하는데, 그렇다면 이때 우주의 형태라는 건 어떤 모양인가요?

이외수 이때의 형태는 '모양'을 뜻하는 것이 아닙니다. 이것은 일종의 관념입니다. 우리의 가장 오래된 경전인 《천부경(天符經)》은 "일시무시일(一始無始一): 모든 것은 하나에서 비롯되었으되 비롯됨조차 없다"로 시작하고 "일종무종일(一終無終一): 모든 것은 하나로 끝

247

나지만 그 끝남이 없다"로 끝나는데, 바로 무한을 뜻합니다. 우주의 형태란 바로 이 무한을 말하는 거죠. 즉, 진화의 양태는 '무한'을 지향하는 겁니다.

하창수 그렇다면 인간도 진화를 거듭하면 죽음과 삶이 구분되지 않는 상태에 이르겠군요?

이외수 그것이 바로 우주의 본성과 합일된 형태입니다.

하창수 처음의 질문으로 돌아가겠습니다. 이론의 진화는 어디까지 이루어질까요? 언젠가는 완벽한 이론이 만들어지지 않을까 싶기도 합니다만.

이외수 희망을 꺾고 싶진 않군요. (웃음) 현상은 계속 반복하면서 진화합니다. 이론은 현상을 따라가는 것이니 역시 진화의 길을 걷겠지요. 엄밀한 이론에 대해 비유를 사용해 얘기하자면, 현미경이 발명되지 않았을 때 가장 엄밀한 이론은 돋보기였습니다. 현미경이 발명되면서 우리는 더욱 엄밀한 이론을 가지게 됩니다. 하지만 더 큰 세계는 어떻게, 무엇으로 발견할 수 있을까요? 허블 망원경이라는 이론이 필요합니다. 우리는 이게 끝이 아니란 것을 알고 있습니다. 하지만 입증할 수는 없지요. 더 정밀하고 엄밀한 '이론'이 나오기 전까지는요. 작은 것은 작은 것대로 무한하고, 큰 것은 큰 것대로 무한한 이 우주의 질서를 과연 명확하게 정립할 수 있는 이론이 있을까요? 그 이론은 언제 우리 손에 쥐어질까요?

뚝!

Q
108

명망 있는 분들이 젊은이들에게 강조하는 것은 잃어버린 '나'를 찾으라는 것입니다. 그래서 여행도 다니고, 철학서도 읽고, 남을 위해 땀 흘려 봉사도 하라고 합니다. 그런데 또 어떤 분들은 '나'를 버리라고 합니다. 가장 버리기 어려운 것이 '나'이고, 그런 '나'를 버리기 위해 수년 동안 무문관(無門關)에서 힘들게 고행하는 수행자들도 있습니다. '나'를 찾는 것과 버리는 것, 어떤 게 맞습니까?

이외수 '나'라는 존재가 무엇인가, '나'는 누구인가를 아는 것은 대단히 중요한 일입니다. 그런데 어떻게 하면 알 수 있을까요? 우선, 내가 알고 있는 '나'는 내가 아닙니다. 현재 내가 알고 있는 '나'는 나의 전부가 아닐 뿐만 아니라, 진짜 '나'도 아닙니다. "나는 대체 어디서 왔는가, 또 어디로 갈 것인가, 나는 무엇인가?"라는 질문에 대한 답은 머리로는 결코 얻을 수 없습니다.

'나'의 실체를 발견하는 좋은 방법 중의 하나는 '다른 것'이 되어보는 겁니다. 기둥이 되어보고, 지붕이 되어보고, 벽이 되어보는 것입니다. 먼지가 되어보고, 태양도 되어보고, 우주도 되어보면 어떤 일이 생길까요? 우리는 무엇이든 되어볼 수 있습니다. 무엇이든 되어볼 수 있다는 건 '나'라는 존재가 실은 '무한한 존재'라는 것을 입증하는 겁니다. 우리는 무한한 존재임에도 불구하고 현실이라는 시공에 묶여서 '나'라는 왜소한 틀 속에 가두어놓고 있는 거죠.

지금 내가 알고 있는 '나'는 내가 아닙니다. '나'의 실체를 찾아가는 여정의 첫걸음은 나를 부인하는 것입니다. 지금의 나를 부인하고 만물과 합일하는 겁니다. 만물과 합일된 '나'를 인지하게 될때 우리는 저마다 거룩하고 위대하고 무한한 존재라는 사실을 깨닫게 됩니다. 물질적인 나, 정신적인 나, 영적인 나—이 모든 것이 '나'입니다.

하창수 결국 나를 버려야 나를 찾을 수 있군요.

이외수 그렇습니다. 버리면 찾을 수 있습니다. 지금의 나를 과감하게 버리세요. 아까워 버리지 못한 채 머뭇거리는 만큼 찾는 건 더 더지고 요원해집니다.

뚝!

Q
109

중국 송나라 때 임제종의 법연(法演) 스님은
화두(話頭)를 '쇠만두'에 비유했습니다. 쇠로
만든 만두는 씹을 수도 없고 삼킬 수도 없으며
먹는다고 해도 맛이 있을 수도 없는데, 쇠만두
와 같은 물음을 붙들어야 비로소 깨달음에 이
른다고 설파했습니다. 하지만 화두가 먹을 수
없는 쇠만두와 같다면, 화두를 풀어내더라도
실생활에는 아무런 소용이 없다는 논리가 가
능합니다. 화두가 현실에 아무런 가치가 없는
거라면 무슨 의미가 있을까요?

이외수 되묻고 싶네요. 그럼 실생활에 의미 있는 것은 무엇입니까? 짜장면은 가치 있는 건가요? 쇠만두가 아니라 군만두는 가치가 있습니까?

하창수 쇠만두가 아닌 그냥 만두는 먹어서 배가 부르고, 그 에너지를 가지고 활동을 할 수 있다는 가치가 있지 않을까요?

이외수 그 만두를 먹고 씹고 삼키는 것은 영원불변한가요?

하창수 영원불변하진 않죠. (웃음)

이외수 그렇다면 그 무엇이 쇠만두가 아닌 것이 있으며, 이 세상 그 무엇이 씹는다고 하더라도, 삼킬 수 있다 하더라도, 맛이 있다고 하더라도 영원불변한 것이 있을까요? 만두를 화두로 삼으나 인절미를 화두로 삼으나, 그게 그거입니다. 화두를 붙들고 화두를 풀고자 하는 것은 영원불변한 가치, 진정한 가치를 찾아내기 위해서입니다. 세상에는 잠깐의 가치, 잠깐의 에너지를 주는 것들로 가득 차 있습니다. 그것이 가치의 전부라면 결국 우리는 끊임없이 그것을 섭취해야 합니다. 그건 그것의 노예가 되는 것과 마찬가지입니다. 쇠만두의 화두를 풀어낸다면 만두를 계속 먹는다 하더라도 만두의 노예가 되지 않을 것입니다. 현실에서 살지만 현실에 끌려다니지 않아도 된다는 말입니다.

하창수 쇠만두 그 자체에 의미가 있는 것이 아니군요.

이외수 어두운 길을 가는 데 필요한 등불이죠. "쇠만두가 무엇일까?"만 궁리한다면 영원히 풀리지 않는 수수께끼를 안고 살아가는 것과 마찬가지입니다. 그래서 화두를 붙든다는 건 아주 위험한 일입니다. 목숨을 거는 일이기도 하지요. 풀리지 않으면 미쳐버리는 수가 있습니다.

하창수 예전에 읽었던 김성동 선생의 장편소설《만다라》생각이 납니다. 주인공인 불교 수행자는 "병 속에 새가 있다. 새는 병의 주둥이보다 크다. 병을 깨지도 않고, 새가 다치지도 않고, 어떻게 새를 병에서 꺼낼 수 있는가?"라는 화두와 싸우죠. 선생님은 병 속의 새를 어떻게 꺼내겠습니까?

이외수 누가 병 속에 새를 집어넣었나요? 그 사람한테 꺼내라고 하세요. 꺼내서 병 속에 들어가기 전에 있던 자리에 갖다놓으라고요. 걸려들면 안 됩니다. 3년 동안 무공방(無孔房)에서 화두 하나를 붙들고 끙끙 앓다가 어느 날 아무도 모르게 사라져버렸다는 얘기를 들은 적이 있을 겁니다. 그 사람은 화두를 풀었을까요?

하창수 그 물음이 화두 같습니다. (웃음) 그런데 '화두에 걸린다/잡힌다'라는 건 무슨 뜻인가요?

이외수 모든 건 '자기'로 연유하고 귀결됩니다. '자기'에게 걸리면 화두가 되고 고민이 되고 풀어야 할 숙제가 되고 번뇌가 됩니다. "병 속에 새를 누가 집어넣었는가?"라고 되물은 것도 같은 맥락입니다. 그 병 속에 새를 집어넣은 것은 '자기'입니다. 자기가 넣어놓고 자기가 고민하는 것이죠. 그걸 알면 다 풀립니다. 그런데 '자기'가 집어넣은 게 아닌데 꺼내려고 하니까 걸려드는 겁니다. 그러면 평생 빠져나오지 못하지요.

하창수 《만다라》에서는 괴로움 때문에 촛불에다 손가락을 태우는 장면이 나오는데, 그 대목을 읽으면서 무척 괴로웠던 기억이 납니다.

이외수 화두 참구(參究)가 목숨을 거는 일이라는 건 결코 과장이 아닙니다. 쇠만두를 씹어버리면 치아가 남아나지 않겠죠?

뚝!

Q

110

무엇이 옳고 무엇이 옳지 않은지 명확하게 판
단이 서지 않을 때가 많습니다. 언제 어디서든,
어떤 경우에든, 명확한 판단을 내릴 수 있는 잣
대가 있을까요?

이외수 판단에는 두 가지 바로미터가 있어요. 하나는 사랑입니다. 사랑의 자와 저울로 잰다면 정확한 판단을 얻을 수 있습니다. 우리가 《구약성경》 속의 솔로몬을 지혜로운 사람으로 알고 있는 이유는 그는 모든 재판을 사랑을 근거로 했기 때문입니다. 올바른 판단을 가능하게 하는 다른 하나는 자연입니다. 제가 자주 하는 말이 "자연에 대입시켜보라"는 겁니다. 자연에 대입시키면 알게 됩니다. 뭔가 풀리지 않는 문제를 자연에 대입한다면 우리는 올바른 판단을 얻어낼 수 있습니다.

똣!

Q

111

"개똥밭을 굴러도 이승이 좋다"는 속담이 있습니다. 동의하십니까?

이외수 저승을 안 갔다 와서 할 수 있는 말인 것 같은데요? 일단, 저승에는 육신이 없잖아요. 육신이 겪는 고통이 없다는 얘기죠. 그래도 이승이 좋을까요? 전 "알아서 생각하시라"고만 말하겠습니다. 이승을 떠나면 시간과 공간의 제약을 받지 않아요. 자아는 비(非)물질로 구성되어 있기 때문에 물질적 존재를 벗어나는 순간 물질적 존재가 감내해야 하는 모든 불편함으로부터 벗어납니다. 양쪽 다 경험해본 사람의 말을 들어봐야 할 것 같습니다.

뚝!

Q

112

예수는 십자가에 매달려 죽는다는 사실을 예감한 순
간, 자신에게 주어진 '잔'을 피하게 해달라고 기도합니
다. 하지만 만약 그 '잔'이 신의 뜻이라면 달게 받겠다고
결연한 의지를 보입니다. 그리고 십자가에 매달린 예수
는 자신을 십자가에 매달아놓고 비웃는 로마의 병사들
을 용서해달라고 신에게 기원하고, 인류가 진 모든 잘
못을 대신해 죽는다고 말합니다.

그런데 마지막 숨을 거두기 직전, 예수는 전혀 다른 태
도를 보입니다. "신이여, 어찌 저를 버리시나이까?"라
고 회한의 한 마디를 읊조립니다. 예수의 이야기를 상
기할 때마다 저는 이 부분이 늘 의문입니다. 처음에는
결연한 태도를 보이다가 왜 마지막에 갑자기 원망을 한
것일까요? 진의가 무엇이었을까요? 처음 십자가에 매
달렸을 때 해야 할 것 같은 '나약한 투정이나 불만, 혹
은 원망'을 왜 성스러운 삶의 마지막에 가서 던져놓은
것일까요?

이외수 예수는 어떤 경우에도 신에 대한 확고한 믿음을 가지고 있었습니다. 그 믿음은 자신을 사지로 몰아넣는 사람들까지 용서해 달라고 신에게 간구하는 것으로 나타납니다. 그런데 마지막에 이르러 "왜 저를 버리십니까?"라고 한 것은 믿음의 문제가 아닙니다. 이것은 예수 개인의 말이라기보다는 인류를 대신해 신에게 물은 것으로 보아야 합니다. 니코스 카잔차키스나 주제 사라마구 같은 작가들은 신의 아들인 예수보다는 '인간 예수'에 초점을 맞춥니다. 우리에게 필요한 예수는 우리를 두렵게 하는 예수가 아니라 품에 안기고 싶은 예수, 안아드리고 싶은 예수입니다.

하창수 마지막까지 우리를 위하는 마음이셨군요.

이외수 저는 예수를 우리에게 사랑을 가르쳐준 성자, 사랑을 실천한 현자로 이해합니다. 이에는 이, 눈에는 눈이라는 철저한 복수의 율법을 원수에게도 사랑을 베풀라는 사랑의 율법으로 바꾼 성자가 예수고, 그 사랑의 율법을 자신의 목숨을 바쳐 실천한 현자가 예수입니다. 이것이 기독교의 본질이라고 저는 생각합니다.

똣!

263

Q
113

세상에는 다양한 목소리가 존재합니다. 합창에 비유하자면 이 목소리들이 잘 섞이면 아름다운 노래가 되지만, 저마다 목소리를 내지르면 소음이 되고 말 것입니다. 어떻게 하면 서로 다른 목소리들이 아름다운 노래가 될 수 있을까요?

이외수 나의 목소리와 타인의 목소리가 조화를 이루려면 결국 '나' 를 좀 빼는 수밖에 없습니다. '내 목소리'를 조금 줄이세요. 내가 완전히 빠지는 게 좋겠다 싶으면 아예 입을 다무는 것도 방법입니다. 잘못된 소리보다는 고요를 택하세요.

하창수 많은 목소리들 가운데서 어떤 목소리가 좋은 목소리인지를 판별해내는 것도 쉬운 일은 아닌 듯합니다.

이외수 합창단의 지휘자 같은 사람이 있으면 좋지요. 좋은 목소리, 나쁜 목소리가 아니라 모든 목소리가 가지고 있는 특징들을 간파 해내서 조화로운 합창이 되도록 만드는 사람이 필요합니다. 훌륭 한 지휘자는 목소리가 영 아니거나 음정을 찾지 못하는 단원이 있 으면 비트 박스나 랩을 시킬 겁니다. 누구나 다 프리마돈나가 될 수 있는 건 아니다, 라는 생각을 가져야 합니다. 일단 그런 인식만 가져도 좋은 합창단이 될 가능성이 있어요. 자신의 자리를 찾고, 제 역할을 충실히 수행해낸다면 분명 조화로운 합창곡을 연주해 낼 수 있다고 봅니다. 불협화음은 이기심에서 나오는 거니까요.

_{하창수} 훌륭한 독창자와 아름다운 합창단 가운데 사람들의 이목을 집중시키고 더 많은 찬사를 받는 건 독창자입니다.

_{이외수} 중요한 건 역할입니다. 독창자는 독창자로서의 역할이 있습니다. 좋은 독창자라고 해서 좋은 합창단원이 된다는 보장은 없습니다. 오히려 목소리가 너무 도드라져 조화를 깰 수도 있으니까요. 저마다 맞는 길을 찾아야지요. 그리고 관객도 중요합니다. 관객의 귀, 관객의 태도, 관객의 찬사와 엄격한 비판이 좋은 공연을 만드는 데 중요한 역할을 합니다. 반주자의 역할도 빼놓을 수 없겠지요. 이 모든 것이 조화를 이루어야 비로소 '합창'이라는 말에 걸맞은 공연이 이루어질 것입니다. 조화가 되면 예술이지만, 조화롭지 못하면 소음이 됩니다.

_{하창수} 우리 인류를 합창단에 비유해보면요, 60억 명의 단원을 가진 합창단인데 성공할 가능성이 있을까요? 과연 이 많은 사람들이 조화를 이루어낼 수 있을까요?

_{이외수} 우주인이 침공해오면 지구인으로서 똘똘 뭉치지 않을까요?

(웃음) 우리 모두가 성숙해진다면 이뤄내지 못할 것도 없습니다. 개개인의 철학이 깊어지고, 좋은 지휘자를 만난다면, 기막힌 곡이 연주되리라 봅니다.

하창수 언제쯤이면 가능할까요?

이외수 음… 과학과 철학이 만날 때, 신비가 보편이 될 때, 미스터리 서클의 비밀이 풀릴 때, 그날이 오겠죠. (웃음)

뚝!

Q
114

삶과 죽음의 본질은 무엇입니까? 삶과 죽음은
어떤 관계를 가지고 있습니까?

이외수 삶은 죽음을 통해 끝나는 것이 아니라 다른 차원으로 이동합니다. 우리가 밤에 잠을 자는 것은 이런 식의 차원 이동을 연습하는 것일지 모릅니다. 차원의 이동을 누에의 삶에 비유해보면 명료해지죠. 누에는 맨 먼저 알의 상태로 존재합니다. 점(點)이라는 좌표 하나짜리의 1차원적 삶입니다. 알에서 깨어나 애벌레가 되면서 면(面) 운동을 하는 2차원적 존재가 됩니다. 알의 죽음과 애벌레의 탄생이 동시에 일어납니다. 그리고 애벌레의 삶이 끝나는 순간 날개를 달고 3차원의 공간으로 삶의 영역을 확장시킵니다. 이때 역시 죽음과 탄생이 동시에 일어나죠.

우리는 좌표 세 개짜리 3차원의 공간에 살고 있습니다. 4차원은 시간의 좌표가 필요합니다. 3차원에서도 시간이 존재한다고 믿습니다만, 이때의 시간은 물상이나 사건의 '변화'를 시간으로 착각하는 것입니다. 3차원 공간을 떠날 때, 즉 죽음으로 건너갈 때, 비로소 시간이라는 좌표가 존재하는 4차원으로의 이행(移行)이 시작됩니다. 이렇게 생각한다면, 우리가 얘기하는 죽음은 존재하지 않는 일이죠.

뚝!

Q

115

그렇다면, 이번에 위암 선고를 받고 수술을 받
으면서 '삶과 죽음'에 대해 생각이 더해진 것이
있습니까?

이외수 그래서 두렵지 않았습니다. 달라진 건 아무것도 없습니다. 3차원의 것을 두고 간다고 생각했습니다.

하창수 그렇다면, 죽음이란?

이외수 차원 이동입니다.

하창수 끝이라고 보지 말라는 말씀인가요?

이외수 그렇습니다. 죽음은 결코 사라지는 게 아닙니다. 영혼은 사라질 수 없습니다.

뚝!

Q
116

장자(莊子)는 나비의 꿈을 꾸고 나서 "꿈속의
나비가 나인가, 꿈밖의 내가 나인가?"라고 묻
습니다. 나비가 된 꿈속의 장자를 장자라고 할
수 있습니까?

이외수 수행하는 사람들이 흔히 하는 "존재는 모두 허상이다"는 말을 새겨볼 필요가 있습니다. 장자의 호접몽(胡蝶夢) 이야기는 "하늘에 떠 있는 달이 물에 비치면, 물에 비친 달은 달인가 아닌가?"라는 물음과 맥락을 같이 합니다. 장자는 나비가 된 자신의 이야기를 통해 "일체의 삶이 허상이 아닌가?"라는 물음을 우리에게 던집니다. 꿈속의 나비와 물속의 달은 장자도 아니고 하늘의 달도 아닙니다. 그것은 장자가 가진 의식의 반영이고 달이라는 실체의 반영입니다. 그런데 반영은 허상인가요? 반영을 허상이라고 확신하는 이유는 무엇인가요? 만물일여(萬物一如)라는 말에 비춘다면, 반영을 일체에서 배제할 수 없습니다. 하지만 분명히 실체는 아닙니다. 바로 여기에 문제가 있고 해답이 있지요. "존재하는 모든 것이 허상이다"라고 해버리면 아무런 의문이 일어날 수 없습니다. "모든 것이 한바탕 꿈이다"라는 건 과장스런 시구가 아니라 진실의 변일지도 모릅니다. 우주의 중심에는 아타(我他)가 따로 없습니다. 아타가 따로 없으니 꿈속의 나비도 장자고, 나비의 꿈을 꾼 장자도 장자입니다. 또한 이 모두가 허상입니다.

하창수 우리가 꾸는 꿈들은 대체로 여러 가지 현실들이 뒤얽혀서

273

일어나는 하나의 현상이라고 할 수 있는데, 때로는 미래의 일을 예시해주는 '예지몽(豫知夢)'을 꾼다고도 합니다.

이외수 과거 현재 미래를 시간의 순서대로가 아니라 한 장의 사진 안에서 한꺼번에 본다면 어떻게 될까요? 강물이 시작하는 계곡과 강물이 닿는 바다를 한눈에 꿸 수 있다면 어떤 일이 일어날까요? 우리의 무의식은 이런 일을 할 수 있고, 하고 있다고 생각합니다. 다만 해석이 끼어들어서 정확한 의미를 파악해내지 못하면 소용이 없습니다. 해몽이 명확하지 않으면 꿈은 한낱 허황한 이야기에 불과해지는 거지요. 해몽이란 누군가가 해석해주는 것이 아니라 자신의 의지대로 받아들이는 것입니다.

옛날에 과거를 보러 가던 선비가 주막에서 하룻밤을 묵는데 꿈을 꾸었습니다. 천장에 붙어 있던 거울이 떨어져서 박살이 나는 꿈이었어요. 점쟁이에게 가서 꿈 이야기를 하고 해몽을 부탁했습니다. "거울이란 건 사람을 비추는 것인데 박살이 났으니 불길한 것이다. 그대는 시험에 합격할 수 없다. 그리고 거울이 벽에 걸려 있어야지 천장에 걸려 있다는 것도 불길하다." 점쟁이의 말을 듣고 의기소침해 있던 선비는 다른 점쟁이를 찾아갑니다. 그런데 얘기가 전혀 달라요. "거울이 천장에 붙어 있다는 건 그대의 얼굴을 만인이 우러러본다는 뜻이다. 그게 떨어져서 박살이 났다면 조각 하나하나마다 그대 얼굴이 비칠 터이니, 합격은 따놓은 당상이다." 두 점쟁이 가운데 후자의 해몽을 믿은 선비는 과거시험장으로 갔고, 보란 듯이 장원급제를 했습니다.

만약 앞의 점쟁이가 해준 해몽을 믿었다 해도 선비가 과거시험에 합격할 수 있었을까요? 저는 떨어졌을 가능성이 높다고 봅니다. 나쁜 꿈인 듯하더라도 좋은 쪽으로 해석하는 것이 필요합니다. "꿈은 반대다"라는 말을 믿는 겁니다. 어떤 생각을 가지느냐에 따라 우리 몸이 반응합니다. 부정한 생각을 하면 부정한 쪽으로, 긍정적으로 생각을 하면 긍정적인 쪽으로 작동하게 되어 있습니다.

하창수 흉몽을 두려워할 필요가 없겠군요.

이외수 인간은 나비가 될 수도 있고, 나비도 내가 되어볼 수 있다는 인식은 특히 글을 쓰는 사람들에게 굉장히 중요합니다.

뚝!

삶에서 고통은 반드시 필요한가요? 고통 없이
살 수는 없을까요?

이외수 필요합니다. 아프지 않으면 썩어도 몰라요. 누가 자신의 다리를 톱으로 썰고 있는데도 느끼지 못한다고 가정을 해보세요. 끔찍한 일이죠. "아픈 만큼 성숙해진다"고 말하는데 틀린 말이 아닙니다. 아픔을 가지는 것, 고통을 받는 것이 반드시 부정적인 것만은 아니라는 말입니다.

중요한 건 이것을 받아들이는 태도입니다. 즐거운 마음으로 받아들이면 고통의 무게도 줄어듭니다. 지레 겁을 집어먹으면 고통이 두 배로 늘어날 수도 있죠. 인생을 한국인의 밥상으로 생각하면 좋을 것 같아요. 맵고, 쓰고, 짜고, 고소하고, 달고, 부드럽고… 참 다양하죠. 인생이 이런 것이다, 하고 사는 겁니다. 단것만 맛보고 사는 인생은 성숙에 이르기 힘들어요. 고통 때문에 인생이 "눈물겹게 아름다울 수"도 있지 않습니까.

하창수 선생님은 종종 "내 인생은 평생 삼재(三災)다"라고 말씀하죠.

이외수 그렇게 생각해버리면 어지간한 고통은 별거 아니더라구요. 실제로 하는 일마다 안 될 때가 많았어요. "안 풀리는 거, 어떻게 할 거야? 평생 삼재면 뭘 더 바라겠냐" 해버리니까 그 다음에 물러가요. 당해도 좀 가볍고 웃으면서 기꺼이 맞이할 수도 있고. (웃음)

뚝!

Q
118

행복이란 무엇입니까?

이외수 줄 수 있는 사랑이 가득하고 받을 수 있는 사랑이 가득할 때, 인간은 행복을 느낍니다. 소크라테스가 한 말입니다.

하창수 사람들이 불행하다고 생각하는 이유는요?

이외수 불행을 인정하지 않기 때문입니다. 기쁨과 고통은 늘 함께 있는 것이지요. 기쁨만을 원하고 고통을 거부하기 때문에 결국은 불행하다는 생각을 가지게 됩니다.

하창수 불행이 있다고 인정하고 받아들이면 불행이 사라진다는 말씀이군요.

이외수 불행은 사라지는 것이 아니라 함께하는 것입니다. 불행을 끌어안고 놓아주지 않거나 불행이 일어나기를 빌라는 얘기가 아닙니다. 불행의 존재 자체를 인정하면 견딜만한 불행이 되지 않을까요?

뚝!

Q

119

깨달음을 얻기 위해서는 어떤 공부가 필요합니까? 그리고 어떻게 공부해야 합니까?

이외수 생활 자체가 공부이고 생활 자체가 자성(自省)이며 생활 자체가 사랑이면, 새삼스럽게 공부하고 새삼스럽게 자성하고 새삼스럽게 사랑할 필요가 없습니다. 진실로 가치 있는 것들은 모두 내 마음 안에 간직되어 있으니 내 마음 밖에서 구하는 것이 없어야 참된 행복입니다.

뚝!

모든 민족, 모든 종교는 저마다의 신을 가지고
있고, 그 신은 하나같이 인간과 우주를 창조한
조물주입니다. 하지만 어디에서도 조물주를
만든 '무엇'에 대해서는 언급이 없습니다. 신이
우주만물을 창조했다면, 신을 창조한 것은 '무
엇' 혹은 '누구'일까요?

이외수 신의 세계에는 인과가 없습니다. 본디 있는 것입니다. 누가 만들고, 어떤 과정을 거쳤는지, 그런 것 자체가 없습니다. 신은 본디 있는 것입니다.

하창수 인과에 걸리지 않게 된다면, 인간도 결국 신이 될 수 있습니까?

이외수 당연합니다.

뚝!

Q
121

인간은 만물의 영장입니까?

이외수 인간이 만물의 영장일 수 있는 이유는 만물을 사랑할 수 있는 가슴을 가진 지구상의 유일한 생명체이기 때문입니다. 높은 지능을 가지고 있어서 만물을 아주 짧은 시간 안에 멸살시킬 수 있는 능력, 힘과 무기를 가지고 있어서가 아닙니다. 우주에서 신만이 만물을 사랑할 수 있는 존재라면, 지구에서는 인간이 유일하게, 마치 신의 복제품처럼 만물을 사랑할 수 있는 가슴을 가지고 있는 존재입니다.

똥!

Q
122

지금까지 받은 질문들 중에 답을 하지 못했거
나 답을 할 수 없었던 것이 있었나요? 혹은, 선
생님 스스로 의문을 가졌는데 아직 답을 구하
지 못한 것이 있나요?

이외수 지금까지… 답을 빼먹은 게 있나요?

하창수 아, 없습니다.

이외수 예, 없습니다. (일동 웃음)

뚝!

잠시, 누군가의 육체를 빌려 살 수 있다면 어떤
사람을 택하겠습니까?

이외수 꼭 사람이 아니어도 된다면, '먼지'가 되고 싶습니다. 사람이면, 그게 누구든 불편할 것 같아요. 먼지라면, 자유롭게 떠다닐 수 있지요. 많은 걸 놓아버릴 수 있을 것 같습니다. 완전무결은 아니지만, 흔적은 남겠지만, 가장 작은 흔적만 남기는 거지요. 굳이 사람이어야 한다면, '스스로 먼지가 되어 있는 사람!'

뚝!

Q
124

달마는 왜 동쪽으로 갔을까요?

이외수 달마가 가는 곳은 우주의 중심이지요. 달마에게는 동서남북이 없습니다. 동이냐 서냐 남이냐 북이냐, 하는 방위와는 아무 상관이 없습니다.

하창수 아, "왜 갔는가?"를 궁리할 때마다 늘 동쪽이란 것에 걸렸는데…

이외수 북극에서 바라보면 전후좌우가 모두 남쪽뿐이에요. 방위(方位)란 것이 원래 명확히 정해진 것이 아닌데 그걸 궁리하면 답을 찾을 수 없습니다.

하창수 "달마가 가는 곳은 우주의 중심이다!"이 한 마디로 모든 게 명확해지는 느낌입니다.

이외수 이럴 때 하는 말이 뭔지 아시나요?

하창수 뭔가요?

이외수 *똑*!

(모두 웃음)

Q

125

마지막 질문입니다. 지금까지 선생님은 어떠한
문제에도 답을 잘 풀어왔습니다. 그렇게 모든
난제가 끝나간다 생각하는 순간, 갑작스러운
위암 발병과 수술, 그리고 투병이라는 문제를
다시 만났습니다. 선생님은 이 문제를 푸실 답
을 찾으셨습니까?

이외수 먼 산머리 조각구름에 거처가 있습니까?

똑!

삶은 질문을 만들고, 질문은 우주를 만듭니다

살다보면 수많은 질문과 마주치고 의문에 휩싸인다. 언제, 누가, 어디서, 무엇을, 어떻게, 왜… 때로는 쓸데없는 의문들로 머리가 복잡해지고, 난감한 질문을 던져 문제를 더 키우기도 하지만, 명쾌한 답을 얻었을 때의 희열은 무엇과도 비교할 수 없다. 의문과 질문은 미궁에 빠진 사건의 단서를 찾아가는, 어쩌면 유일한 행위일지 모른다. 의문이 풀리는 순간 우리는 한 발짝씩 성큼 앞으로 나아간다.

*

한 해 전, 나는 화천의 감성마을로 이외수 선생을 찾아가 수많은 질문들을 쏟아놓았다. 그렇게 내어놓은 질문과 이외수 선생의 명쾌하면서도 담박한, 그리고 마음속 깊은 곳에서 끌어올린 진솔한 답변들을 모아 《마음에서 마음으로》라는 이름으로 세상에 내놓았다. 많은 독자들이 읽고 공감의 고개를 끄덕여주었고, 적지 않은 사람들이 기회가 되면 꼭 물어달라며 이런저런 '풀기 힘든 의문'들을 이메일로 보내왔다.

그리고 두 번째 책이 시작되었다. 이번의 《뚝,》은 세상의 밖으로 외연을 넓히고 안으로 더 깊이 파고들어 묻고 답한 것들을 담은 책이다. 질문들을 뽑는 과정에서 독자들이 보내온 이메일은 큰 도움이 되었다. 가령, 이 책의 서른여섯 번째 질문인 "성공해서 부자가 된 친구 앞에 서면 평범하게 살아온 저는 초라해지고 작아지는 기분이 듭니다. 잘못 살아온 것일까요?"는 40대 초반의 직장인이 보내온 거였다.

나는 이따금 농담을 빙자해 허를 찔렀다. "천국과 지옥 중 한 곳을 체험할 수 있는 티켓이 손에 들어온다면 어느 곳으로 가고 싶습니까?"나 "노아의 방주에 소설가 한 사람을 태운다면 누구를 태웠으면 좋겠습니까?"는 그런 종류의 질문이었다. 그런가 하면 "우리는 왜 무책임한 행동을 하면 안 됩니까?"나 "삶과 죽음의 본질은 무엇입니까? 삶과 죽음은 어떤 관계를 가지고 있습니까?"와 같은 것은 지금껏 살아오면서 나 자신에게 끊임없이 던졌지만 풀지 못했던, 철학서 한 권을 샅샅이 뒤져도 시원한 답을 얻지 못한 수수께끼였다.

녹음기를 챙겨들고 1년 남짓 만에 다시 찾은 감성마을은 새로운 계절로 접어들고 있었다. 나는 120여 개의 '세상에서 가장 어려운' 질문들이 적힌 노트를 펼쳤고, 질문의 창을 찌르기 시작했다. 그렇게 밤이 깊어갔다. 뜨거워진 열기를 식히기 위해 가끔 마당으로 나가 계곡을 타고 내려온 서늘한 바람을 쐬곤 했다. 그리고 산버들 가지 사이로 달빛이 교교히 떨어지던 밤, 나는 마지막 질문을 던졌다. "달마는 왜 동쪽으로 갔습니까?" 당신의 긴 머리칼이 바람결에 흩날렸고, 나뭇잎 한 장이 툭, 떨어졌다.

*

"10월 28일 오후 2시 위암 수술, 사랑의 힘으로 견디겠다."

녹음파일들을 풀어 정리를 하던 중에 뜻밖의 소식을 접했다. 포털을 검색하던 내 손길이 가늘게 떨렸다. 곧바로 병실을 찾았다. 병상에 비스듬히 누운 이외수 선생의 모습은 낯설었다. 수염이 사라졌다. 머리칼은 짧게 잘려져 있었다. 코에는 음식물을 공급하는 튜브가 연결되어 있었고, 우유빛깔의 액체와 여러 개의 링거액은 가슴에 꽂힌 또 다른 관을 통해 그의 몸속으로 흘러들고 있었다. 몇 개의 질문이, 못된 비릇처럼, 던져졌다.

수술이 끝나고 감성마을로 돌아갔던 이외수 선생이 1차 항암치료를 받기 위해 다시 병원으로 돌아왔을 때도 나는 여전히 질문의 끈을 놓지 않았다. 그는 '존버의 창시자'답게 꿋꿋이 견디고 있었다. 단맛이 제거된 빵을 손톱만큼 뜯어 조심스럽게 침에 녹여 먹는 모습을 볼 때면 가슴이 서늘하게 비어졌다. 나는 "삶에서 고통은 반드시 필요한가요?"라고 물었고, "고통 없이 살 수는 없을까요?"라고 덧붙였다. 수술을 하기로 결심한 이유를 물었고, 수술실로 들어갈 때의 기분을 물었다. 이외수 선생은 여전히 솔직하고 명쾌하게 답을 했다.

*

마지막 교정을 보기 위해 원고를 훑던 내 귓속으로 "뚝," 하는 소리가 들려왔다. 그건 부드러우면서도 단호한, 칭얼거리는 아이의 울음을 단숨에 그치게 만드는 명약 - 오래전 엄마로부터 듣던 그 소리였다. 이 소리는 지금 우리에게 가장 필요한 것일지도 모른다. 모든 불만과 회의와 우울을, 아픔과 슬픔과 회한을 한순간에 "뚝," 끝낼 수 있을 것 같은, 기묘한 감회에 젖는다.

다음 주 화요일, 이외수 선생은 두 번째 항암치료를 받는다. '존버'에 대한 믿음에는, 변함이 없다. 당신의 투병이, 지금 아픔을 견디며 사는 사람들과 그들의 가족에게 희망과 용기가 되기를, 빈다.

2014년 겨울, 소양강변에서

하창수

一衲問趙州　祖師西来意

禪僧答於侶　庭前柏樹子

千年緣再問　祖師西来意

外秀翁答曰　達磨不有向

雨階

一衲問趙州　祖師西來意
일 납 문 조 주　조 사 서 래 의

禪僧答於侶　庭前栢樹子
선 승 답 어 려　정 전 백 수 자

千年後再問　祖師西來意
천 년 후 재 문　조 사 서 래 의

外秀翁答曰　達磨不有向
외 수 옹 답 왈　달 마 불 유 향

한 승려가 조주선사에게 물었다.
달마가 서쪽에서 온 까닭이 무엇입니까?
선승이 승려에게 답하였다.
뜰 앞의 잣나무이니라.

천년 후 똑같은 질문을 던졌다.
달마가 서쪽에서 온 까닭이 무엇입니까?
이외수 옹이 답하여 말했다.
달마에겐 동서남북이 없습니다.